外国人のための日本語 例文・問題シリーズ 11

表　記　法

鈴 木 順 子
石 田 敏 子
共著

荒 竹 出 版

監修者の言葉

このシリーズは、日本国内はもとより、欧米、アジア、オーストラリアなどで、長年、日本語教育にたずさわってきた教師三十七名が、言語理論をどのように教育の現場に活かすかという観点から、アイデアを持ち寄ってできたものです。私達は、日本語を教えている現職の先生方に使っていただくだけでなく、同時に、中・上級レベルの学生の復習用にも使えるものを作るように努力しました。

このシリーズの主な目的は、「例文・問題シリーズ」という副題からも明らかなように、学生には、今まで習得した日本語の総復習と自己診断のためのお手本を、教師の方々には、教室で即戦力となる例文と問題を提供することにあります。既存の言語理論および日本語文法に関する諸学者の識見を無視せず、むしろ、それを現場へ応用するという姿勢を忘れなかったという点で、ある意味で、これは教則本的実用文法シリーズと言えるかと思います。

従来、文部省で認められてきた十品詞論は、古典文法論ではともかく、現代日本語の分析には不充分であることは、日本語教師なら、だれでも知っています。そこで、このシリーズでは、品詞を自立語では、動詞、イ形容詞、ナ形容詞、名詞、副詞、接続詞、数詞、間投詞、コ・ソ・ア・ド指示詞の九品詞、付属語では、接頭辞、接尾辞、（ダ・デス、マス指示詞を含む）助動詞、形式名詞、助詞、助数詞の六品詞の、全部で十五に分類しました。さらに細かい各品詞の意味論的・統語論的な分類については、各巻の執筆者の判断にまかせました。

また、活用の形についても、未然・連用・終止・連体・仮定・命令の六形でなく、動詞、形容詞ともに、十一形の体系を採用しました。そのため、動詞は活用形によって、u動詞、ru動詞、行く動詞、来る動詞、する動詞、の五種類に分けられることになります。活用形への考慮が必要な巻では、巻頭に活用の形式を詳述してあります。

シリーズ全体にわたって、例文に使う漢字は常用漢字の範囲内にとどめるよう努めました。項目によっては、適宜、外国語で説明を加えた場合もありますが、説明はできるだけ日本語でするように心がけました。

教室で使っていただく際の便宜を考えて、解答は別冊にしました。また、この種の文法シリーズでは、各巻とも内容に重複は避けられない問題ですから、読者の便宜を考慮し、永田高志氏にお願いして、別巻として総索引を加えました。

私達の職歴は、青山学院、獨協、学習院、恵泉女学園、上智、慶應、ICU、名古屋、南山、早稲田、国立国語研究所、国際学友会日本語学校、日米会話学院、アイオワ大、朝日カルチャーセンター、アリゾナ大、イリノイ大、メリーランド大、ミシガン大、ミドルベリー大、ペンシルベニア大、スタンフォード大、ワシントン大、ウィスコンシン大、アメリカ・カナダ十一大学連合日本研究センター、オーストラリア国立大、と多様ですが、日本語教師としての連帯感と、日本語を勉強する諸外国の学生の役に立ちたいという使命感から、このプロジェクトを通じて協力してきました。

国内だけでなく、海外在住の著者の方々とも連絡をとる必要から、名柄が「まとめ役」をいたしましたが、たわむれに、私達全員の「外国語としての日本語」歴を合計したところ、580年以上にも及びました。この600年近くの経験が、このシリーズを使っていただく皆様に、いたずらな「馬齢の積み重ね」に感じられないだけの業績になっていればというのが、私達一同の願いです。

このシリーズをお使いいただいて、Two heads are better than one.（三人寄れば文殊の知恵）とお感じになるか、それとも、Too many cooks spoil the broth.（船頭多くして船山に登る）とお感じになったか、率直な御意見をお聞かせいただければと願っています。

この出版を通じて、荒竹三郎先生並びに、荒竹出版編集部の松原正明氏に大変お世話になりましたことを、特筆して感謝したいと思います。

一九八七年　秋

ミシガン大学名誉教授
上智大学比較文化学部教授　名柄　迪

はしがき

日本語の表記法は、日本語を学ぶ人にとっても教師にとっても、突破《とっぱ》すべき最大の難関の一つに違《ちが》いありません。

日本では昔から、「読み書き算盤《そろばん》」は学習の基本でしたが、現代の日本人にとっても読み書きは、それを自在にこなす成人《おとな》となるまで長い道程《みちのり》を要する、時間のかかる大仕事と言えましょう。

まして日本語を外国語として学ぼうとする人たちにとって、表記法が一番の脅威《きょうい》に思えても無理のないことです。常用漢字二千字と聞くだけで圧倒《あっとう》されるでしょうし、一字一字が互《たが》いに関連のない個々の存在に見え、空の星を見分けるより大変だと感じる人もいます。

アルファベット二十六文字で済ませている人達には、先輩《せんぱい》が、最初の五百字を征服《せいふく》すれば、あとは大したことはないなどと励《はげ》ましても、気休めにもなりません。

そして漢字に強い中国系の学生でも、漢字の読みの多様さに泣かされるようです。この反面、漢字が日本語の魅力《みりょく》の一つと考える学生も大勢います。漢字には日本文化の奥行を感じさせる深いものがあるからです。

漢字を難しいが面白いと考える学習者は、日本人のように漢字で語をとらえ、文章を読み解く術を、初歩なら初歩なりに身に付け、初期の段階で表記法が導入されることを歓迎《かんげい》します。ローマ字で長々しいつづりの言葉を覚えたのは、かえって大変だったと悔《く》やむ人もいます。

いずれにせよ、難しくても面倒《めんどう》でも、この表記法に触《ふ》れずには、日本語の学習は成立しません。他言語に比し、深く文字と関わりあっている日本語を、耳学問でのみ習得した人たちが、滑《なめ》らかに自然な日本語を話していても、常に文字の壁《かべ》を意識し、あるレベルから向上していかない自分の日本語力に不満をもつことは、バイリンガルの学生達に長く教えてきた私達の経験からも確かなことです。日本語で真の意味でコミュニカティブであるためには、文字の知識は不可欠と言えます。そして、習うのも教えるのも厄介《やっかい》かも知れませんが、日本の文字は、実に興味深いものでもあります。

この本は、先生方に手軽なハンドブックの形で日本語表記法のあらましをまとめたものを提供し、同時に学習者にも練習問題を通して勉強法を学び、かつ机上の事典代わりとすることができるものをと考えて作成いたしました。学習者が日本語における文字の役割をよりよく理解し、興味をもって効果的に勉強していくために、少しでもお役に立てば幸いです。

一九八八年六月

鈴木順子
石田敏子

目　次

本書の使い方

本書の構成は、目次で明らかですが、大きく次のように分けてご利用ください。

1　日本の文字についての歴史的背景、現代日本語で果たしている文字の機能などについての知識を得る。

2　日本語表記の学習法について学び、それに関連した練習を試みる。

3　同訓異字の使い分けや同音異義語、熟語リスト、筆順《ひつじゅん》などによるチェック、すなわち用字用語辞典として用いる。

第一章　日本の文字の特色

〔一〕種々の文字の使い分け

A　文字使用の目的

日本語では、片仮名、平仮名、漢字、算用数字（アラビア数字、洋数字ともいう）の他にローマ字も使われている。

例　日本EIE第二システム開発研究所23号室
大分《おおいた》市横尾《よこお》ニュー明野《あけの》タウンB—20

これらの文字はそれぞれが独自の役割を持っている。例えば、上の例では、「EIE」はこの会社の名前がアルファベットを使うことを表す。「システム」、「ニュー」、「タウン」は片仮名で書かれていることから、外来語であることがわかる。「23」、「B—20」は部屋《へや》や家の番号であるが、「B—20」では、住宅をいくつかのグループ（棟《とう》）に分けるために、アルファベットを使っている。

どの文字を使うかによって、同じ言葉でも異なったニュアンスを持たせることができる。例えば、「宜敷《よろし》く」と書けば、固い感じがする。「よろしく」の方が柔《やわ》らかい感じなので、女の人はふつう平仮名で書く。また、「ヨロシク」と書くと、この言葉には特別な意味が込《こ》められていることがわかる。次の宣伝文句はこのような日本語表記の特色を利用している。

「オフィシャル・エレガンスを買う、BONUS」
「誰《だれ》もが、扉《とびら》を開ける瞬間《とき》、ものがたりは始まる。」
「まい・ぶっくす・らいふ　ヨロコビの本読み状況《じょうきょう》」

ボーナスを「BONUS」、ときを「瞬間」、my books life を平仮名で、喜びを片仮名でと特殊《とくしゅ》な表し方をすることによって、人目を引いている。

B　表音文字と表意文字の併用

表音文字というのは、音《おん》を表す文字で、たとえば、「あ」、「ア」、「a」などである。これに対して表意文字である漢字は、音《おん》と同時に意味を表す。例えば、「水」というのは、「スイ」という音《おん》と同時に、化学記号で H_2O と表される物質を意味している。

表意文字を用いることで、日本人は一般に音声言語を超《こ》えた表現を試みようとする。「樹・木」のような同音異字の使い分けで視覚に訴《うった》えようとしたり、「名言・迷言」のような言葉遊び、また筆談、判読など、漢字の表意文字としての特長や利点は、日本語の中で大いに活用されている。読めない漢字、つまり音読できない漢字でも、意味さえ知っていれば判読できるので、筆談で中国人となんとか通じ合ったりする。新語も作りやすく、聞いて分からない場合も見れば分かる。この造語力も漢字の表意文字としての特長の一つである。次は広告の例だが、何の広告だろう。

例　「優凍生《ゆうとうせい》」誕生《たんじょう》！（冷蔵庫の広告）　cf. 優等生《ゆうとうせい》［成績の大変良い学生］

また略語も作りやすく、外国語の頭《かしら》文字《もじ》の組み合わせなどに比べて、意味が分かりやすい。

例　運免要＝運転免許が必要　交費給＝交通費は支給　労基法＝労働基準法

国連＝国際連合　各停＝各駅停車　家電＝家庭電化製品　私大＝私立大学

漢字と仮名で書く文を「漢字仮名《かな》交じり文」と呼ぶ。漢字仮名《かな》交じり文では、助詞や活用形は仮名で書かれ、名詞や活用語の活用しない部分（語幹という）は主に漢字で書かれるので、漢字は常に文中の語句の切れ目の最初の部分にくる。そのため、分かち書き（語を分けて書くこと）をしなくても読みやすく、また意味が分かりやすい。また、漢字だけを拾って読んでも、表意文字の利点で、大体の意味が分かる。

例　国際免許証《めんきょしょう》は有効期間一年の一時的な免許証《めんきょしょう》である。

練習問題〔一〕

次の漢字の組み合わせの意味を書きなさい。

1　八月四日必着（　　　）　4　水力発電（　　　）

2　年中無休（　　　）　5　ＡＴ車（　　　）

3　体温計（　　　）　6　宅配便（　　　）

7　散水機（　　　）　　9　国税局（　　　）

8　五輪大会（　　　）　　10　前年比十六%減（　　　）

〔二〕文字の種類と役割

㈠　漢　字

漢字がいつ日本に伝えられたかは、はっきりしない。一般《いっぱん》には、五世紀以前に朝鮮《ちょうせん》を通じて入ってきたと考えられている。

六世紀ごろになると、上流階級の日本人が漢字を学びはじめた。そして、万葉仮名《まんようがな》のように、漢字で日本語を表すことができるようになった。主として男性が使っていたが、鎌倉《かまくら》時代（十二―十四世紀）には、現在のような形で、漢字と平仮名の和漢混交《こんこう》文が使われるようになった。

漢字の数　日本で編集された最大の漢和辞典（諸橋轍次《もろはしてつじ》「大漢和辞典」）には約五万字が収められている。昭和二十一年に当用漢字表一、八五〇字が制定され、日常使用する漢字の使用範囲《はんい》は制限されていたが、昭和五十六年の常用漢字表一、九四五字により、制限がややゆるめられた。これは漢字使用の目安を示すものとみなされている。このうち九九六字は「教育漢字」と呼ばれ、小学校の六年間で教えられる。残りの九四九字は中学校で教えることになっている。この他に、一六六字が「人名用漢字別表」にあり、名前に使ってもよい漢字とされている。常用漢字と合わせて二、一一一の中から名前に使う漢字を選ぶわけだが、読み方には制限がないので、人名を正しく読むことはむずかしい。

例　啓子（ケイコ、ヒロコ）　　哲（アキラ、サトシ、テツ）
裕子（ヒロコ、ユウコ）
順子（ジュンコ、ヨリコ）

普通《ふつう》の新聞には、二、五〇〇―三、〇〇〇字種の漢字が使われている。（国立国語研究所の調査報告『現代新聞の漢字』による。）次の表は同調査による異なり字数の出現順位とそれが全体に占める割合を示したものである。

出現順位	全体に占める割合	出現順位	全体に占める割合
二〇〇	五六・一％	二〇〇〇	九九・六％
五〇〇	七九・四	二五〇〇	九九・九
一〇〇〇	九三・九	三〇〇〇	九九・九

字体と書体　漢字の形については、「字体」と「書体」の区別がある。「字体」は点や線の組み合わせによる漢字の形のことを指す。「書体」はこれを書き表したときの形で、楷書《かいしょ》、行書《ぎょうしょ》、草書《そうしょ》等の筆写体の他、印刷したときの形も含《ふく》み、教科書体、明朝体《みんちょうたい》、ゴシック体等がある。

小学校の漢字指導では、教科書体（教科書に使用されている書体）を教えることになっているが、日本語教育でも同じである。画数が書体によって異なる場合は、主に教科書体によって数える。例えば、「衣」（明朝体《みんちょうたい》）、「衣」（教科書体）は六画になる。

字体――漢字を形づくる要素。

点（丶）　左払い（丿）　はね（亅）

横画（一）　右払い（乀）　とめ（一）

縦画（丨）　折れ（㇆）　まがり（乚）

書体――手書きに使われるものと、印刷、タイプなどに使われるものとがある。

a　主に手書きに用いられるもの。

書体＼語例	日本語	春夏秋冬	地水火風	冠婚葬祭
楷《かい》書《しょ》	日本語	春夏秋冬	地水火風	冠婚葬祭
行《ぎょう》書《しょ》	日本語	春夏秋冬	地水火風	冠婚葬祭
草《そう》書《しょ》	日本語	春夏秋冬	地水火風	冠婚葬祭

b　印刷・タイプなどに用いられるもの。

書号＼語例				
教科書体	日本語	春夏秋冬	地水火風	冠婚葬祭
明《みん》朝《ちょう》体《たい》	日本語	春夏秋冬	地水火風	冠婚葬祭
ゴシック体《たい》	**日本語**	**春夏秋冬**	**地水火風**	**冠婚葬祭**

略　字　日常生活では便利な略字もあるが、改まった文章の中では用いられない。次はよく使われる略字の例である。もんがまえ（門）のつく漢字は略されることが多い。

门（門）　间（間）　関（関）
旺（曜）　才（歳）　㐧（第）
奌（点）　奂（魚）　厂（歴）
耺（職）　广（摩など广のつく漢字）

読み方　漢字の音訓に関しても、昭和二十三年の「当用漢字音訓表」によって使い方が制限されたが、昭和四十八年の「改定音訓表」でやや制限がゆるめられた。昭和五十六年の「常用漢字表」では、使用の目安が示されている。「常用漢字表」に示されている音訓は表内音訓と呼ばれ、本表には一、九四五の一字ごとの音訓が、付表にはいわゆる当て字・熟字訓が含《ふく》まれている。（付表三「特殊《とくしゅ》な音訓・熟字訓」参照。）

練習問題〔二〕の㈠

一 正しい方を選びなさい。

1 未と末は〔字体・書体〕が似ている。
2 偏《へん》か旁《つくり》かで〔字体・書体〕の変わるものがある。（例 飯と喰）
3 明朝体《みんちょうたい》とゴシック体では〔字体・書体〕が異なる。
4 楷書《かいしょ》より行書《ぎょうしょ》の方が〔字体・書体〕に柔《やわ》らかみがある。
5 書き取りテストでは、〔字体・書体〕の一点一画《いってんいっかく》がチェックされる。

二 次の文と、なるべく多くの漢字を用いて書き直した文と、どちらが読みやすいか、比べなさい。

1 ははは、わたくしにただしいにほんごではなすよう、おしえた。
（　　　　　　　　　　　　　　　）
2 こうちゃとにほんちゃと、どちらのほうがおすきですか。
（　　　　　　　　　　　　　　　）
3 おおきいのもちいさいのも、とてもたかくてかえません。
（　　　　　　　　　　　　　　　）

㈡ 仮名

中国から伝えられた漢字の音《おん》を学び、その意味を表す和語を当てて訓読みとし、文字を知った日本人は、これらの漢字の意味を考慮《こうりょ》せずにその音訓のみを借りて表音文字として用いることを考えるようになる。

漢字を真名《まな》と言い、これに対して仮《かり》の字という意味で仮名《かな》と呼ばれる文字が用いられるようになった。いずれも漢字から作られた音節文字である。

1　万葉仮名《まんようがな》（真仮名《まがな》、男仮名《おとこがな》）

漢字の音訓を借りて、意味にとらわれずに表音文字として用いる試みは、六世紀ごろの金石文《きんせきぶん》にすでにみられる。奈良時代には広く用いられるようになり、「万葉集《まんようしゅう》」がこの文字で書かれていることから万葉仮名《まんようがな》と呼ばれる。

例　足比木乃《あしひきの》　山乃四付二《やまのしづくに》　妹待跡《いもまつと》　吾立所沾《われたちぬれぬ》　山之四附二《やまのしづくに》　（大津皇子《おおつのみこ》）

2　片仮名

「片」は不完全とか一部分という意味で、「伊」から「イ」、「久」から「ク」、「己」から「コ」ができたように漢字の一部から作られている。平安時代初期、仏僧《ぶっそう》が漢文の教典を訓読する際に書き加える注に万葉仮名《まんようがな》の一部分を用いる工夫《くふう》がなされ、これが片仮名の起源であるといわれる。初めは主に男子が用いたため男手《おとこで》と呼ばれ、漢字仮名交《かなま》じり文に用いられた。ちなみに明治憲法は漢字と片仮名で書かれていた。

一般に次の漢字から片仮名が作られたと考えられている。

ア	阿	イ	伊	ウ	宇	エ	江	オ	於
カ	加	キ	幾	ク	久	ケ	介	コ	己

サ	散	シ	之	ス	須	セ	世	ソ	曾
タ	多	チ	千	ツ	州	テ	天	ト	止
ナ	奈	ニ	二	ヌ	奴	ネ	祢	ノ	乃
ハ	八	ヒ	比	フ	不	ヘ	部	ホ	保
マ	万	ミ	三	ム	牟	メ	女	モ	毛
ヤ	也			ユ	由			ヨ	与
ラ	良	リ	利	ル	流	レ	礼	ロ	呂
ワ	和	ヰ	井			ヱ	恵	ヲ	乎
ン	（字源不《ふ》詳《しょう》）								

現代では、片仮名の表音的性格を強調する用法が目立つ。主に次のような場合に使われる。

a　外国語に類するもの。例えば、外国の国名・地名、人名、外来語。

例　アメリカ、カナダ、イギリス、インド、ペルー。パリ、ロンドン、ニューヨーク。キリスト、マリア、マホメット、エリザベス女王。ミルク、トマト、パン、ホテル、エレベーター、オートメーション、ピアノ。

b　動物や植物の名。

例　イヌ、ネコ、サル、シカ。マツ、ケヤキ、キク、サクラ。

c　擬《ぎ》声《せい》語《ご》・擬《ぎ》態《たい》語《ご》。

例　ワンワン、ニャーニャー、キーキー、トントン、シューシュー。

キラキラ、チカチカ、キョロキョロ、ズンズン。

d　電報文。

例　「カネオクレ」

「ゴケッコンオメデトウゴザイマス」

e　漢和辞書での漢字の読み方（発音表示）、国語辞書での歴史的仮《か》名《な》遣《づか》い、活用形の指示などに用いる。ただし、本によって表記システムが異なることもある。

例　春（シュン、ハル）、夏（カ、ナツ）、秋（シュウ、アキ）、冬（トウ、フユ）

つかう【使う】（ツカフ）、しゃかい【社会】（シヤクワイ）、

きょうだい【兄弟】（キヤウダイ）

ぼうぜん【呆然】（ト、タル）

f　視覚的効果（広告文など）

例　「拾った当たりクジ」（新聞の見出し）

「毛根はアブラがキライです。」（広告文）

外来語がカタカナで書かれた場合に発音が原語と変わってくるのは当然であるが、同じ語でも日本に入ってきた時代によって異なった表記となっていることがある。

例　ミシン　　スロットル・マシン　（machine）

ヘボン式　　オードリー・ヘップバーン　（Hepburn）

チーム　　ティーム　（team）

カタカナで表している外国語の音《おん》の主なもの

（カ以下では，a, i, u, e, o のみで，他の母音《ぼいん》は省略した）

ア	a, ɑ, ɑ, ʌ, æ, ə	フェ	fe	デ	de, di	ツェ	tse
イ	i, y	フォ	fo	ド	do, d	ツォ	tso
ウ	u, w	マ	ma	バ	ba, va	ニャ	nja
エ	e, ε, ei	ミ	mi	ビ	bi, vi	ニュ	nju
オ	o, ɔ, ou	ム	mu, m	ブ	bu, b, vu, v	ニェ	nje
カ	ka, qua	メ	me	ベ	be, ve	ニョ	njo
キ	ki, k, q	モ	mo	ボ	bo, vo	ヒャ	hja
ク	ku, k	ヤ	ja	ヴァ	va	ヒュ	hju
ケ	ke, que	イェ	je	ヴィ	vi	ヒェ	hje
コ	ko, k	ユ	ju, j	ヴ	vu, v	ヒョ	hjo
サ	sa, θa	ヨ	jo	ヴュ	vju	ミャ	mja
シ	si, ʃi, θi, ʃ	ラ	ra, la	ヴェ	ve	ミュ	mju
ス	su, θu, s, θ, ð	リ	ri, li	ヴォ	vo	ミョ	mjo
セ	se, θe, ʃe	ル	ru, lu	パ	pa	リャ	rja
ソ	so, θo	レ	re, le	ピ	pi	リュ	rju
タ	ta	ロ	ro, lo	プ	pu, p	リョ	rjo

チ	ti, tʃi, tʃ	ワ	wa	ペ	pe	ギャ	gja, ŋja, gæ
ティ	ti	ウィ	wi	ポ	po	ギュ	gju, ŋju
ツ	tsu, tu, ts, t	ウェ	we	キャ	kja, kæ	ギョ	gjo, ŋjo
トゥ	tu, tə	ウォ	wo	キュ	kju	ジャ	dʒa
テ	te, ti	ガ	ga, ŋa, gua, ŋua	キョ	kjo	ジュ	dʒu, du
ト	to, t	ギ	gi, ŋi, gui, ŋui	シャ	ʃa	デュ	du, dju
ナ	na	グ	gu, ŋu, g, ŋ	シュ	ʃu, ʃ	ジェ	dʒe, dje
ニ	ni	ゲ	ge, ŋe, gue, ŋue	シェ	ʃe	ジョ	dʒo
ヌ	nu, n	ゴ	go, ŋo, guo, ŋuo	ショ	ʃo	ビャ	bja, vja
ネ	ne	ザ	za, ða, dza	チャ	tʃa	ビュ	bju, vju
ノ	no	ジ	zi, di, ði, dzi, dʒ, ʒ	チュ	tʃu, tʃ, tju	ビョ	bjo, vjo
ハ	ha, fa	ズ	zu, du, dzu, z, dʒ, d, ð	テュ	tju	ピャ	pja
ヒ	hi, fi	ゼ	ze, dze, dʒe, ðe	チェ	tʃe, tje	ピュ	pju
フ	hu, fu, f	ゾ	zo, dzo, z, dz, ðo	ティェ	tje	ピョ	pjo
ヘ	he, fe	ダ	da	チョ	tʃo	ン	n, m, ŋ
ホ	ho, fo	ヂ	di	ティョ	tjo	ッ	二重子音《しいん》など
ファ	fa	ディ	di	ツァ	tsa	ー	長母音《ぼいん》や二重母音《ぼいん》など
フィ	fi	ドゥ	du, d	ツィ	tsi		

発音ばかりでなく形や意味も原語から離《はな》れることが珍《めずら》しくない。

例 デモ隊（賃金闘争《とうそう》などの示威運動《デモンストレーション》をするグループ）
スト権（ストライキを行う権利）
サラ金（サラリーマンなどに金を貸す金融《きんゆう》機関）
エンスト（車のエンジンがストップする）
ハンスト（ハンガー・ストライキ）
パンスト（パンティ・ストッキング）
アベック（恋人の二人連れ）
アルバイト（正規ではない就業）
マンション（高級アパート）
イベント（催《もよお》し物《もの》）
スナック（大衆的なレストラン・バー）

外来語風の和製片仮名語がある。

例 ナイター（夜間行われる野球のゲーム）
ニューフェース（映画の新人俳優）
ゴールデンアワー（最も視聴率の高い時間帯）
ワイドレンズ（広角レンズ）
テーブルスピーチ（祝の席などでする短い演説）

練習問題〔二の㈡の2

一　次の文中から片仮名で書くべき語句をさがし、正しなさい。

1　親に似ず美しい子なので、とんびがたかを生んだなどと言われる。（　　）
2　きつねとたぬきの化かし合いのような駆《か》け引き。（　　）
3　くろうばあの花の咲《さ》く野原でちょうやとんぼを捕《と》る。（　　）
4　てえぶるの上にないふとすぷうんを置く。（　　）
5　いぎりす人のぴあにすとの演奏会を聞く。（　　）
6　ぺにしりんを注射してしょっく死した。（　　）
7　隣《となり》の犬がきゃんきゃんいうので、やかましい。（　　）
8　ほてるの娯楽室でぴんぽんをして遊んだ。（　　）
9　ぱん屋でふらんすぱんとじゃむを買ってきた。（　　）

二　次の外国語をカタカナで表してみなさい。

1　driver（　　）
2　fender（　　）
3　fringe（　　）
4　triangle（　　）
5　tea party（　　）
6　handbook（　　）
7　vinyl（　　）
8　seat（　　）
9　genre（　　）
10　watch（　　）

3 平仮名

万葉仮名《まんようがな》を簡略化し、書きやすいかたちにした平仮名は、平安時代に発達し、主に宮廷《きゅうてい》の女性の間で用いられたので女手《おんなで》と呼ばれたが、流れるように美しい字体が貴族に好《この》まれ、広く男性の間でも用いられるようになった。多くの異体字があるが、現在では、看板《かんばん》などにみられるぐらいである。

平仮名のもととなったと考えられている漢字は次の通りである。

あ	安	い	以	ぅ	宇	え	衣	お	於
か	加	き	幾	く	久	け	計	こ	己
さ	左	し	之	す	寸	せ	世	そ	曾
た	太	ち	知	つ	川	て	天	と	止
な	奈	に	仁	ぬ	奴	ね	祢	の	乃
は	波	ひ	比	ふ	不	へ	部	ほ	保
ま	末	み	美	む	武	め	女	も	毛
や	也			ゆ	由			よ	与
ら	良	り	利	る	留	れ	礼	ろ	呂
わ	和	ゐ	為			ゑ	恵	を	遠
ん	无								

片仮名が初め漢字仮名交《かなま》じり文に用いられたのに対して、平仮名は単独で漢字を交じえずに使われた。その後漢字と共に用いられるようになり、現代ではもっぱら平仮名が漢字仮名交《かなま》じり文に

使われている。平仮名は、表音記号として生まれ、用いられて来たが、時代が変わると共にことばの音声が変化したのに表記の方はそのまま固定して、発音と表記の不《ふ》一致《いっち》という形が続いた。第二次世界大戦後これを改めて「さういふでせう」は「そういうでしょう」というように、発音通りの表記が原則となった。これを現代仮名遣《かなづか》いと呼び、これに対して旧来《きゅうらい》のものは、歴史的仮名遣《かなづか》いという。

漢字を交じえずに平仮名のみで書く場合には、分かち書きが必要となる。

例　ひらがなだけで　かくばあいは　わかちがきに　する。

漢字交じり文の場合でも、視覚的な効果などを考えて、わざと漢字ではなく平仮名で書くことがある。

例　やさしい日本語（易しい日本語）

常用漢字表に含《ふく》まれていない表外漢字や表外音訓は、ふつう仮名書きにする。

例　ねこなで声（猫撫で声）　にわか雨（俄雨）　つむじ曲がり（旋毛曲がり）
はやり言葉（流行言葉）

平仮名で表されるものとしては一般に次のようなものがあげられる。

a　形式名詞……読むことは書くのより易しい。
b　活用語尾《ごび》……読むことは書くのより易しい。

c 助詞………読むのは書くことより易しいと思います。
d 助動詞………易しいと思います。
e 接続詞………読む。そして書く。
f 代名詞………あなたもわたしもこれを読む。
g 疑問詞………だれがいつどこでなにを読むか。（なには「何」も使う。）
h 副詞………よく読んでもさっぱり分からない。
i 感動詞………ああ、なんということだ。
j 擬《ぎ》態《たい》・擬《ぎ》声《せい》その他の表音的表記……あははとわらった。ぶらぶら行こう。
k 接頭語・接尾《せつび》語のあるもの………お茶、ご立派、ど忘れ、悲しげ、君ら。
l 動詞のあるもの………ある（有る、在る）、いる（居る）、
降ってきた、変化していく、食べてみる。

平仮名の注意すべき用法

a 歴史的な理由から助詞の書き方は発音通りではない。
例 アメリカへ［え］出す葉書は［わ］いくらの切手を［お］はりますか。

b 長音を書く場合。
ア列長音………おかあさん、さあ、まあ、はあ
イ列長音………おじいさん、うれしい、いいえ
ウ列長音………ぬう、ふうしゅう、ゆうき

エ列長音………おねえさん、ええ（ただし、漢語は「えい」と書く。丁寧＝ていねい）
オ列長音………とうきょう、ほうそう（ただし、語源的な理由から、とお（十）、こおり（氷）、とおい（遠い）、おおきい（大きい）、おおかみ（狼）、とおり（通り）のように書く。）

c　じ・ぢ・ず・づ

一般に「じ」と「ず」を用いる。連濁《れんだく》によって「ち」が［j, i］に発音される場合には「ぢ」、「つ」が［zu］になる場合には「づ」と書くので、「はなぢ」（鼻血）、「ちかぢか」（近々）、「みかづき」（三日月）、「ちからづよい」（力強い）のようになる。また同音の連《れん》呼《こ》の場合も、「ちぢむ」、「つづく」のように書く。

d　促音《そくおん》と拗音《ようおん》は小さく書く。次のように、縦書きの場合は右に寄せて、横書きの場合は下に寄せて書く。

例　いっぱい、しゅっぱつ、ひょうしょうじょう、きゅうくつ、きゃく。（縦書き）
いっぱい、しゅっぱつ、ひょうしょうじょう、きゅうくつ、きゃく。（横書き）

e　複合語などで、慣用的に送り仮名を省く場合がある。

例　取締役（取り締り役）、踏切《ふみきり》（踏《ふ》み切《き》り）、待合室（待ち合い室）、贈物《おくりもの》（贈《おく》り物《もの》）、編物（編み物）、取消（取り消し）

練習問題〔二〕の㈡の3

一　振《ふ》り仮《が》名《な》を振《ふ》りなさい。

1 二人連れ　2 氷水　3 一匹狼　4 胆っ玉母さん

5 身近なこと　6 遠い国　7 姉さんの時計　8 公共料金

9 三日坊主　10 三日月　11 大男　12 雨続き

13 郵便小包　14 大通り　15 十月十日　16 級友

17 旧正月　18 仮名遣い　19 百十番　20 小さい

21 受付　22 植木　23 字引　24 物語　25 場合

26 書留　27 切手　28 消印　29 両替　30 立場

二　次のローマ字文を漢字と平仮名を使って書き直しなさい。

1 Yasumi yasumi yukkuri ikimashoo ne. (　　　　)

2 Kore wa kore wa, ohisashiburi desu nee. (　　　　)

3 Doko e ittemo anata no koto o kikaremashita yo. (　　　　)

4 Shikkari benkyo o shita kara, kanari yoku wakatte kimashita. (　　　　)

5 Okane wa nai keredo ii yuujin ga aru kara watashi wa manzoku desu. (　　　　)

6 Sukkari dowasure shite shimatte. Aa, kuyashii. (　　　　)

(三) ローマ字

日本語を初めてローマ字で記《しる》したものとして、室町《むろまち》時代に渡来したポルトガル人宣教師らの編《あ》んだ日葡《にっぽ》辞書、語学テキストや説教用の書物などがある。

ローマ字のつづり方には、いわゆる訓令式・日本式・標準式の三種がある。小学校では、訓令式が教えられているが、一般には標準式（ヘボン式）が多く見られる。したがって第2表のつづり方による標識、看板、日本人名、地名を目にするのがふつうである。

ローマ字のつづり方（昭和29年12月9日　内閣告示第1号）

まえがき

1　一般に国語を書き表わす場合は、第1表に掲《かか》げたつづり方によるものとする。

2　国際的関係その他従来の慣例をにわかに改めがたい事情がある場合に限り、第2表に掲《かか》げたつづり方によってもさしつかえない。

3　前二項《こう》のいずれの場合においても、おおむね「そえがき」を適用する。

第1表　（　）は重出を示す

a ア	i イ	u ウ	e エ	o オ			
ka カ	ki キ	ku ク	ke ケ	ko コ	kya キャ	kyu キュ	kyo キョ
sa サ	si シ	su ス	se セ	so ソ	sya シャ	syu シュ	syo ショ
ta タ	ti チ	tu ツ	te テ	to ト	tya チャ	tyu チュ	tyo チョ
na ナ	ni ニ	nu ヌ	ne ネ	no ノ	nya ニャ	nyu ニュ	nyo ニョ
ha ハ	hi ヒ	hu フ	he ヘ	ho ホ	hya ヒャ	hyu ヒュ	hyo ヒョ
ma マ	mi ミ	mu ム	me メ	mo モ	mya ミャ	myu ミュ	myo ミョ
ya ヤ	(i) イ	yu ユ	(e) エ	yo ヨ			
ra ラ	ri リ	ru ル	re レ	ro ロ	rya リャ	ryu リュ	ryo リョ
wa ワ	(i) イ	(u) ウ	(e) エ	(o) オ			
ga ガ	gi ギ	gu グ	ge ゲ	go ゴ	gya ギャ	gyu ギュ	gyo ギョ
za ザ	zi ジ	zu ズ	ze ゼ	zo ゾ	zya ジャ	zyu ジュ	zyo ジョ
da ダ	(zi) ジ	(zu) ズ	de デ	do ド	(zya) ジャ	(zyu) ジュ	(zyo) ジョ
ba バ	bi ビ	bu ブ	be ベ	bo ボ	bya ビャ	byu ビュ	byo ビョ
pa パ	pi ピ	pu プ	pe ペ	po ポ	pya ピャ	pyu ピュ	pyo ピョ

第2表

sha シャ		shi シ		shu シュ		sho ショ
				tsu ツ		
cha チャ		chi チ		chu チュ		cho チョ
				fu フ		
ja ジャ		ji ジ		ju ジュ		jo ジョ
di ヂ	du ヅ		dya ヂャ		dyu ヂュ	dyo ヂョ
kwa クヮ						
gwa グヮ						
						wo ヲ

そえがき

前表に定めたもののほか、おおむね次の各項《かくこう》による。

1　はねる音「ン」はすべてnと書く。

2　はねる音を表わすnと次にくる母音字《ぼいんじ》またはyとを切り離《はな》す必要がある場合には、nの次に「,」を入れる。

3　つまる音《おん》は、最初の子音字《しいんじ》を重ねて表わす。

4　長音は母音字《ぼいんじ》の上に「^」をつけて表わす。なお、大文字の場合は母音字《ぼいんじ》を並《なら》べてもよい。

5　特殊音《とくしゅおん》の書き表わし方は自由とする。

6　文の書きはじめ、および固有名詞は語頭を大文字で書く。なお、固有名詞以外の名詞の語頭を大文字で書いてもよい。

ローマ字が使われるのは、主として次のような場合である。

1　順位を表す。

例　成績はいつもAだ。A級戦犯《せんぱん》。　AからEまでの五段階に分ける。

2　項目《こうもく》別に分類する。

例　AからEまでの五種。

3　某氏、甲・乙、両者間、のように、名を示さず代名詞的に。

例　A青年　B夫人　K氏　A・B両国の関係

4　数学などの学術的用法。

例　5g　3kg　5cc　3l　5mm　10m　1km　16℃　50Hz　3ppm

5　略字的、表意的用法。

例　3LDK（Large Dining Kitchen 付き三室）　PR誌（広告専門誌、広報誌。PR＝Public Relation）

6　社名などの頭《かしら》文字《もじ》が固有名詞化した場合。

例　IBM　JAL　KDD　NHK　JR電　SBカレー　DC9型機

7 頭文字《かしらもじ》で簡略化する。

例 NY株（ニューヨーク株）
EC諸国（ヨーロッパ経済共同体諸国）
OL盗難（オフィスで働く女性が盗難《とうなん》に遭《あ》った。）
OA機器（オフィスをオートメーション化する機器）

8 外国語、外国人名などを原語でつづる。宣伝文、ポスターなど。

例 BAD NEW ALBUM MICHAEL JACKSON

9 看板《かんばん》、標識。

例 RESTAURANT HANA
SHINJUKU STATION
YAMANOTE DOORI AVE.

(四) 数字、その他の記号

A 数字

漢数字（和数字）を使うか算用数字（アラビア数字）を使うかは、その都度《つど》判断しなければならない。縦書きなら「二月」で、横書きなら「2月」とは限らない。全体の印象を考慮《こうりょ》しながら、正確で効果的な伝達を旨《むね》とすべきである。新聞で、見出しでは「円、2か月ぶり144円台」とあり、本文では「二か月ぶりに一ドル＝一四四円台まで円が急騰《きゅうとう》した」とあるのは、見出しのせまいスペースでは算用数字の方が都合《つごう》がいいし、一目で数値が読者の頭に入ってくるから効果的なためである。また本文では、せまい空間で縦書きするには漢数字のほうが納まりがよく、じっくり読んでいる読者にとっては不都合《ふつごう》はない。
文部省編「国語の書き表し方」（昭和二十五年十二月刊）の付録によると、横書きの場合、数字は算用数字で表すとされている。

例 第38回総会、午後1時開会、4時散会。
男子15人、女子8人、合計23人です。

ただし、慣用的な語、または数量的な意味の薄《うす》い語は、漢数字を用いるとして、

例 現在二十世紀の世の中では
一般、一種独特の、「七つのなぞ」

が挙げられている。
文部省編「公文書の書式と文例」（昭和四十九年三月刊）にも、漢字を用いる例として、

(ア) 数の感じの少なくなった場合
例 一般、一部（一部分の意）、一時保留
(イ) 「ひとつ」「ふたつ」「みっつ」などと読む場合
例 一つずつ、二間《ふたま》続き、三月《みつき》ごと、五日目《いつかめ》

を挙げ、また漢字を用いることができる場合を次のように示している。

(ア) 万以上の数を書き表すときの単位として、最後にのみ用いる場合

例　100億、1,000万

(イ) 概数《がいすう》を示す場合

例　数十日、四、五人、五、六十万

日付は、「昭和62年1月1日」と書くことが縦書きでも行われる。

B　くぎり符号《ふごう》

文章の構造や語句の関係をはっきりさせるために、くぎり符号を用いる。

1　まる「。」

一つの文を言い切ったところに置く。「　」や（　）のなかでも、文の終わりには必ず用いる。

例　「さようなら。」と言って別れる。（「失礼します。」はより丁寧《ていねい》な表現である。）

「…すること・もの・者・とき・場合」などで終わる項目《こうもく》の列記にも「。」を使う。

例　池に入らないこと。ただし、管理者の認める場合は可。

「。」を用いない例として、次のような場合がある。

(ア) 題目・標語など、簡単な語句を掲《かか》げる場合

例 左折車に注意
日本語の表記について

(イ) 事柄《ことがら》の簡単な列記
例 総会のご案内を申し上げます。
日時　昭和六十三年九月七日(水)　一時三十分
場所　公民館　三階
会費　六百円

(ウ) 終止した文を「 」を用いずに「と」で受ける場合。
例 分からないことはないと答えた。

2 てん「、」

文の中で、区切りをつけないと分かりにくいところに置く。平仮名が続いたり、文が長くて読みにくかったりするとき、修飾語《しゅうしょく》が直接続く語句に係《かか》らないとき、語句がいくつか並列《へいれつ》されるときなどである。

例 なすと、とうもろこしの苗《なえ》
だらだらと、長くてつまらない文は、読者にとって、実に堪《た》え難《がた》いものである。
華美《かび》な、人目をひく服装《ふくそう》は、避《さ》ける。
読む、書く、話す、といった訓練。
わずかに、それが救いだ。

また、およその数を言う場合にも、てんを用いる。

例　二、三日待って下さい。

四、五十人もの死者が出た模様。

5.60パーセントに達する。

3 なかてん「・」

名詞の並列《へいれつ》、日付や日時の簡略化したもの、外国人名の名と姓《せい》との間、名前と肩書《かたが》きの間などに用いられる。

例　新聞・放送・広告などのマスコミ関係

昭和六二・九・一　午後二・三〇

新聞の一・二面に大きく出た。

イブ・モンタン

ゴルバチョフ・ソ連書記長

元首相・佐藤栄作

ネオ・ニューリーダー

4 かっこ（ ）

語句または文の次に、特に説明・読み方などの注を加える場合。

例　教育漢字（九九六字）の習得

中距離《きょり》核《かく》戦力（INF）

下地《したじ》の剝落（はくらく）を防ぐ。

外国の人名・地名（中国・韓国《かんこく》・北朝鮮を除《のぞ》く）は、片仮名で書く。

5　かぎ「　」

会話や語句を引用するとき、書名、論文のタイトル、特に注意を喚起《かんき》したい語句を示すときなどに用いる。

例　「いくらですか。」と客が聞いた。
　ジッドの「狭《せま》き門」を読む。
　繰《く》り返《かえ》し符号《ふごう》は、「々」だけ用いる。

「　」の中でさらに引用する場合は、『　』（二重カギ）を用いる。

例　「彼《かれ》は、『撃《う》つな。』と叫《さけ》びました。」とA夫人が証言した。

C　繰《く》り返《かえ》し符号「々」

漢字一字の繰《く》り返《かえ》しに用いる。

例　人々　国々　年々　日々　村々

ただし複合語の場合などに二語にまたがって同じ文字が続いても、「々」は使わない。

例　民主主義　英国国王　会社社長　学生生活

D　その他

「〝　〟」や「？」、「！」などがあるが、公文書のようなものには、用いられない。

第二章　漢字のいろいろ

〔一〕漢字の成り立ち

㈠ 六　書《しょ》

清《しん》（一六四四―一九一二）の時代に作られた「康熙《こうき》辞典」（一七一六）では、漢字は四六、二一六字あると言われている。これらの漢字は「六書《りくしょ》」と呼ばれ、六つのグループに分けられる。漢字の作られ方（構成）によって分類された、⑴象形《しょうけい》、⑵指事《しじ》、⑶会意《かいい》、⑷形声《けいせい》と、使い方から見た⑸転注《てんちゅう》、⑹仮借《かしゃ》である。

A　象形（しょうけい）

物の形を描《えが》いたもの。

B

指事（しじ）

形では表せないことを印によって示す。

上……一の上に印をつけて「上」を表す。

下……一の下に印をつけて「下」を表す。

中……円の真ん中に縦の線を引いて「真ん中」を表す。

夕……月の下の線を一つ減らして、月が半分出ていることを表す。

C

会意（かいい）

既《すで》にできている字を二つ以上合わせて、新しい別の意味を表す。

明（るい）……日と月が一緒《いっしょ》だったらとても明るいだろう。

信……人（イ）の言葉は信用できる。

林……木が並《なら》んでいる。

森……木がたくさんある。

D

形声（けいせい）

漢字の音を表す部分と意味を表す部分とを組合わせる。今日の漢字の八〇％以上が形声文字である。

江　氵＝水（意味）　工＝コウ（音《おん》）
泳　　　　　　　　　永＝エイ（音《おん》）
製　衣＝着物（意味）　制＝セイ（音《おん》）
裂　　　　　　　　　列＝レツ（音《おん》）
頭　頁＝頭（意味）　豆＝トウ（音《おん》）
頂　　　　　　　　　丁＝チョウ（音《おん》）

E　転注（てんちゅう）

既《すで》にできている字を利用して、似た意味や関係のある意味に使う。

楽……始めは「音楽」の意味。音楽を聞くのは楽しいから、「ラク」と読んで「たのしむ」の意味に使うようになった。

悪……「悪い」の意味から、悪いことはだれでも憎《にく》むので「オ」と読んで「にくむ」の意味になった。

F　仮借（かしゃ）

既《すで》にできている字の音《おん》だけを借りて他の意味に使う。

豆＝もとは食器の形を表す象形文字。「トウ」の音《おん》を借りて「まめ」の意味になった。

亜米利加＝アメリカ

独逸＝ドイツ

巴里＝パリ

(二) 国字

日本語の漢字には、六書《りくしょ》の他に、「国字」と呼ばれるグループがある。これは、日本で作られた漢字で、たいてい、会意の方法で作られている。原則として訓読みで、音読《おん》みがない。

畑＝草を焼いて作った田。↓はた

峠＝山に上ってからまた下り始める所。↓とうげ

鰯＝死にやすい弱い魚。↓いわし

榊＝神に捧《ささ》げる木。神道《しんとう》で使う。↓さかき

樫＝非常に堅《かた》い木。↓かし

辻＝十字路。↓つじ

込＝入りこんでこむ。↓こむ

辷＝道で平らにすっと進む。↓すべる

躾＝身を美しくする。↓しつけ

米＝メートル

糎＝センチメートル

粁＝キロメートル

粍＝ミリメートル

音《おん》読みのあるものもある。

働＝人が動く。↓はたらく・ドウ

腺＝体内の分泌物《ぶんぴつ》を運ぶセン。（音《おん》読みのみ）

練習問題〔一〕の㈡

次の漢字を、a 象形、b 指事、c 会意、d 形声、e 国字に分けなさい。

1 犬	2 末	3 耳	4 畑	5 症	6 鳴	7 取	8 峠	9 衣
10 雨	11 林	12 校	13 車	14 込	15 男	16 岩	17 江	18 鰯
19 炎	20 目	21 近	22 固	23 河	24 小	25 京	26 人	27 両
28 保	29 内	30 安	31 平	32 廿	33 戸	34 本	35 甘	36 朱

a 象形（　　　　）　b 指事（　　　　）

c 会意（　　　　）　d 形声（　　　　）

e 国字（　　　　）

㈢ 部首

漢字を形作っている部分を分類したものを部首と呼んでおり、総数は二百数十ある。これらを、漢字のどの部分に用いるかによって大きく分けると、へん（偏）、つくり（旁）、かんむり（冠）、あし（脚）、かまえ（構）、たれ（垂）、にょう（繞）の七つになる。部首は漢字の共通部分として意味を表しており、漢字を覚えたり辞書を引いたりするときに役に立つ。次にその代表的なものと、呼び名、意味を示しておく。

(1) へん □ 漢字の左の部分

部首	名称	意味	語例
イ	にんべん	人	付 他 仕 住 体
冫	にすい	氷	冷 冶 凌 凍 凝
彳	ぎょうにんべん	道・行くこと	行 往 待 従 徴
氵	さんずい	水	池 沈 河 治 海
山	やまへん	山	岐 岬 峡 崎 峰
土	つちへん	地・土	地 坂 坪 城 域
巾	はばへん	布	帆 幅 帽
扌	てへん	手	打 扱 拘 持 指
忄	りっしんべん	心	忙 快 性 悩 情
阝	こざとへん	丘	防 限 降 陸 階
犭	けものへん	犬・けもの	犯 狂 狩 独 猿
女	おんなへん	女	好 始 娘 娯 婦
口	くちへん	口	吐 叫 吸 咲 唱
日	ひへん	太陽・時	明 昨 時 暗 曜
木	きへん	木	机 材 林 格 根
月	にくづき	肉・体	肌 肥 胸 脂 腹
火	ひへん	火	灯 炊 焼 煙 燃
歹	がつへん	骨・死	死 残 殊 殖

方	かたへん	方角	放施旅族旗
王	おうへん・たまへん	玉	珍珠球理環
牛	うしへん	牛	物牲特犠
弓	ゆみへん	弓	引弦強張弾
礻	しめすへん	神事に関すること	礼社祈祝神
衤	ころもへん	衣	被補裸複
石	いしへん	石	砂研砕破確
目	めへん	目・見ること	眠眺眼瞬
糸	いとへん	糸・布	純紡組結線
舟	ふねへん	舟	航般船舶艦
米	こめへん	米	粋粒粉精糧
耳	みみへん	耳・きくこと	聴職
貝	かいへん	貝・お金	財貯購贈
言	ごんべん	ことば	記訪話語読
足	あしへん	足	距路踊踏
車	くるまへん	車	転軽軸輪輸
酉	とりへん	酒・酒つぼ	酔酢酪酸醜
金	かねへん	金属	針鉄鉛鉱銀
食	しょくへん	食べること・食物	飢飲飯飾餌
馬	うまへん	馬	駅駆駐騎験

(2) つくり □ 漢字の右の部分

部首	名称	意味	語例
刂	りっとう	刀や刃物	刈 刑 別 剖 割
力	ちから	力	功 効 助 励 動
卩	ふしづくり	ひざまずく人	印 即 卸 節
又	またづくり	手	双 収 取 叙
寸	すん	手指・はかること	対 封 耐 射 尉
彡	さんづくり	かざり・もよう	形 彩 彫 彰 影
阝	おおざと	里・村・国	邪 郊 郡 部 都
戈	ほこづくり	武器	成 戒 我 戦
斗	とます	汲むこと・ひしゃく	料 斜
攵	ぼくにょう	動作	改 攻 故 政 敬
欠	あくび	口をあけたさま	次 欧 欲 歌 飲
殳	るまた	たたくこと	投 没 段 殺 殿
斤	おのつくり	おので切る	近 折 断 新
皮	けがわ	皮・おおうもの	披 破 被
聿	ふでづくり	筆	律 津 建
隹	ふるとり	鳥	雄 雑 雌 難 離
頁	おおがい	頭・顔・人	頂 順 頭 顔

(3) かんむり　漢字の上の部分

部首	名称	意味	語例
亠	なべぶた	人・高い建物の上部	亡 享 亭 京 交
冖	わかんむり	おおう・いえ	冗 軍 冠
宀	うかんむり	いえ・やね	安 定 客 家 宿
⺌	しょうかんむり	高く上がる	当 尚 賞
艹	くさかんむり	くさ・植物	花 英 草 芽 茂
耂	おいかんむり	長い髪《かみ》の老人	老 考 孝 者
穴	あなかんむり	穴	究 空 突 窓 窮
爫	つめかんむり	手・爪《つめ》	受 愛 爵
戸	とかんむり	門の扉《とびら》	戻 房 扉
癶	はつがしら	左右の足	発 登
罒	あみがしら	網《あみ》	罪 置 罰 罷 羅
竹	たけかんむり	竹	第 答 等 簡
虍	とらがしら	トラ	虐 虚 虜
雨	あめかんむり	雨、天気のこと	雪 雲 雷 霊 露
髟	かみかんむり	長い髪《かみ》	髪

(4) あし  漢字の下の部分

部首	名称	意味	語例
儿	ひとあし	人の頭から下	元 兄 充 克 免
⺗	したごころ	心・気持ち	恭 慕 添
心	したごころ	心・気持ち	志 忘 思 感 慰
氺	したみず	水	泰 様 漆
皿	さら	さら	盛 盗 盟 監 盤
衣	ころも	着る物	表 袋 裂 装 製
灬	れんが・れっか	火	点 然 焦 煮 照

(5) かまえ 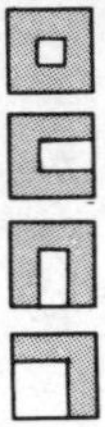 まわりを囲《かこ》んでいる部分

部首	名称	意味	語例
匸	かくしがまえ	隠《かく》すこと	区 匹 医 匿
勹	つつみがまえ	包むこと	勺 包 句
囗	くにがまえ	かこい	囚 回 国 図 園
行	ゆきがまえ	道	術 街 衝 衛 衡
門	もんがまえ	出入り口	問 間 開 関

(6) たれ　漢字の上から左へまがるもの

部首	名称	意味	語例
厂	がんだれ	がけ	圧　厚　厘　原
广	まだれ	屋根・家	広　店　庫　庭　廊
尸	しかばね	かがむ人・やね	居　届　屋　属
疒	やまいだれ	病気	疾　病　疲　痛　療

(7) にょう　漢字の左から下にまがるもの

部首	名称	意味	語例
廴	いんにょう	道を進む	廷　延　建
辶	しんにょう	道を進む	進　運　遊　適　選
走	そうにょう	走る	赴　起　越　超　趣
鬼	きにょう	ばけもの・霊《れい》	魂　魅

練習問題〔一〕の㈢

一　指示された部首を使って漢字を書きなさい。

1　ぎょうにんべん＋るまた　（　　）
2　しんにょう＋ふるとり　（　　）
3　さんずい＋青　（　　）
4　ころもへん＋谷　（　　）
5　かいへん＋りっとう　（　　）
6　わかんむり＋車　（　　）
7　まだれ＋車　（　　）
8　こざとへん＋車　（　　）
9　あめかんむり＋相　（　　）
10　般＋さら　（　　）

11　くにがまえ＋人　（　　）
12　ゆきがまえ＋重　（　　）
13　かくしがまえ＋若　（　　）
14　やまいだれ＋正　（　　）
15　そうにょう＋召　（　　）
16　昭＋れんが　（　　）
17　代＋ころも　（　　）
18　田＋したごころ　（　　）
19　はつがしら＋豆　（　　）
20　くさかんむり＋早　（　　）

二　次のような部分の部首はどう呼ばれていますか。それぞれの部首を含《ふく》む漢字をいくつか書きなさい。

	部首名	語例
1 口	（　　）	［　　］

2 （　　）「　　」

3 （　　）「　　」

4 （　　）「　　」

5 （　　）「　　」

6 （　　）「　　」

7 （　　）「　　」

㈣ 筆《ひつ》順《じゅん》

一つの漢字を書き始めて書き終えるまでに、一定の順序がある。これを筆順《ひつじゅん》とか書き順とかいう。正しい筆順《ひつじゅん》で書くようにすることで、能率的に形よく書くことができ、また記憶《きおく》しやすくなる。次に原則を示し、それに従う漢字をいくつか挙げておく。

1　a　横画がさき　十（一十）七左友在寸大夫

　　b　貫く横画はあと　子（乛了子）女与母舟冊再　cf.世甘

2　a　左はらいがさき　人（丿人）文父攵交入支全

　　b　左はらいが短くて交じわる横画が長いとき、左はらいがさき　右有布

3 a 上から下へ　三（一 二 三）工言豆高奔喜築賞
b 左から右へ　川（丿 川 川）州休行術湖脈縦徹

4 a 中から左右へ　小（亅 小 小）水永氷承求率楽衆
b 左右から中へ　火（丶 丷 少 火）父性

5 a 貫く縦画はあと　中（丶 口 口 中）車平半申事手争妻
b 貫かない縦画はさき　王（一 丁 干 王）由里重土

6 a あとに書くにょう　又 辶　近縫建健延
b さきに書くにょう　久免走是鬼　処勉越題魅

7 a かんむり、たれ、かまえはさき　内（丨 冂 内 内）空符花発祭歴麻屋句
b くにがまえ、かくしがまえは、　国（丨 冂 冂 国 国 国）
最後の一画でかこみ切る　医（一 ア 三 矢 矢 医）図囚困区匿

特殊《とくしゅ》な筆順《ひつじゅん》を練習しておく。

力　フ 力
馬　丨 厂 ㄏ 馬 馬
違　丶 亠 音 韋 韋 違

刀　フ 刀
九　ノ 九
門　丨 ㄏ 門 門 門 門

万　一 フ 万
雑　九 卆 杂 刹 刹 雑
色　ノ ク 夕 午 色 色

方　、 亠 方 方
別　ロ 口 号 另 別
世　一 十 廾 廿 世
比　一 ヒ 比 比
必　、 ソ 义 必 必
飛　乙 飞 飞 飛 飛

練習問題〔一〕の㈣

一　次の漢字の第一画をaに、最終の画をbに書きなさい。

	a	b
1 母	（　）	（　）
2 右	（　）	（　）
3 石	（　）	（　）
4 木	（　）	（　）
5 草	（　）	（　）
6 発	（　）	（　）
7 在	（　）	（　）
8 子	（　）	（　）
9 水	（　）	（　）
10 庫	（　）	（　）
11 書	（　）	（　）
12 承	（　）	（　）
13 方	（　）	（　）
14 性	（　）	（　）
15 寸	（　）	（　）

二　各々の漢字の筆順《ひつじゅん》を例のように示しなさい。

例

1 聞

2 表

3 雨

4 馬

5 引

6 雑

7 遊

(五) 画《かく》数《すう》

漢字を書く際の筆かずを画数《かくすう》という。三は三画で、乙は一画である。線の数ではないので、一筆《ひとふで》でかく部分は一画に数える。漢字の読み方が分からないとき、画数《かくすう》を正しく数え、漢和辞典の総画索引《さくいん》で探すことができる。

次の漢字の画数《かくすう》を数えてみなさい。

七（2） 一 七
子（3） フ 了 子
主（5） 、 二 亍 キ 主
災（7） 〈 巛 巛 巛 災 災
九（2） ノ 九
門（8） 丨 冂 戸 門 門 門
既（10） 艮 既 既 既 既 既

万（3） 一 ラ 万
区（3） 一 フ ヌ 区
母（5） L 口 口 母
衣（6） 、 亠 ナ 才 衣 衣
弓（3） フ コ 弓
飛（9） 乙 飞 飞 飛 飛 飛
呉（7） 口 呂 呂 呉 呉

女（3） く 女 女
与（3） 一 与 与
毎（7） ノ 𠂉 毎 毎 毎 毎
因（6） 丨 冂 冃 冈 因 因
糸（6） く 幺 幺 糸 糸 糸
都（11） 一 土 耂 者 者 都
帯（10） 一 十 卅 卌 帯 帯

〔二〕漢字の読み方

㈠ 音《おん》と訓

漢字の読み方は音《おん》と訓に分けられる。音《おん》は中国語の漢字の発音を日本人が聞いて、そのまま取り入れたものである。訓は漢字の意味を日本語に結びつけて、その漢字を読んだものである。例えば「冬」は中国語の dong をとって「トウ」と音《おん》読みにし、冬が意味する日本語の「フユ」をとって訓読みにした。辞書では、一般に音《おん》は片仮名で、訓は平仮名で書く。

音《おん》のいろいろ 「行」の字は「ギョウ」、「コウ」、「アン」、「生」の字は「セイ」、「ショウ」というように、音《おん》読みがいくつもある字が多い。これは、中国との長いつきあいの間に、同じ字について中国の違《ちが》った時代の音《おん》や違《ちが》った方言《ほうげん》の音《おん》を何度か取り入れたからである。現在多く使われているのは呉音《ごおん》と漢音で、特殊《とくしゅ》なことばに唐音《とうおん》が見られる。

例 呉音《ごおん》……行列《ぎょうれつ》、苦行《くぎょう》の「ギョウ」
漢音……行動《こうどう》、銀行《ぎんこう》の「コウ」
唐音《とうおん》……行脚《あんぎゃ》、行灯《あんどん》の「アン」

訓のいろいろ 一方、訓をいくつも持つ字がある。例えば、「上」は「ウエ」、「アげる（アがる）」、「ノボる」、「ウワ」、「カミ」、「生」は「イきる」、「ウまれる」、「ハえる」、「ナマ」、「キ」、「オう」等の訓読みをする。これは、一つの字が中国でいろいろな意味に使われるようになったのに対して、日本語のそれぞれの訳語をつけたためである。

(二) 同訓異字

また同じ訓にいくつもの漢字が使われている場合もある。

例

あつい……暑い、熱い、厚い
あらわす……現す、表す、著す
はかる……計る、量る、測る

これらは同訓異字とよばれるもので、漢字のもつ意味を考えて使い分けるようにする。（これについての詳《くわ》しい学習は、付表二の「同訓異字」の項《こう》参照。）

(三) 同音異字

多くの漢字が日本語で同じ音《おん》となってしまったため、同音異字の単語が多い。耳で聞いただけでは分かりにくく、文脈を知るか、字を見なければ正しく理解することはできない。（詳《くわ》しい学習は付表一の「同音異字」の項《こう》参照。）

同じ音《おん》で意味の違《ちが》う例（同音異義語）

例

いし……遺志、医師、意志、意思
いどう……異動、移動、異同
かんしん……感心、関心、歓心、寒心
かいしゅう……回収、改修、会衆、改宗

きかん………機関、期間、器官、基幹、貴簡、帰還、既刊、貴官、気管、旗艦

音《おん》だけの字・訓だけの字 漢字の中には、員、液、恩、禁、校、税、理などのような、音《おん》だけで使われるものもあれば、畑、峠、躾、貝、扱のように訓だけのものもある。

いろいろの読み方 単語を漢字で表した場合、一字のものは訓読みが多い。石、木、草、花、春、風など。二字以上の組合せになると、(1)音《おん》だけで読むもの、(2)訓読みだけのもの、(3)音《おん》訓をまぜたもの、(4)連濁《れんだく》を生じるもの、がある。

例
(1) 前後左右《ぜんごさゆう》、春夏秋冬《しゅんかしゅうとう》、早期発見《そうきはっけん》 （音《おん》・音《おん》）
(2) 山芋《やまいも》、雨水《あまみず》、大風《おおかぜ》、花畑《はなばたけ》 （訓・訓）
(3) 団子《だんご》、出立《しゅったつ》、合羽《かっぱ》、胴長《どうなが》 （音《おん》・訓。重箱《じゅうばこ》読みという）
小僧《こぞう》、身分《みぶん》、敷地《しきち》、荒行《あらぎょう》 （訓・音《おん》。湯桶《ゆとう》読みという）
(4) 出発《しゅっぱつ》、三本《さんぼん》、三千《さんぜん》、小人《こびと》

読み方と意味 同じ漢字の組合せでも、音《おん》で読むか訓で読むか、読み方によって意味が変わることがある。

読み方によって意味の違《ちが》う例

例 市場
- いちば＝マーケット。日用品、雑貨、食品などを売る店がたくさん集まっているところ。
- しじょう＝商品を売ったり買ったりすること。また、それを行う地域。

音 ｛おと
　　ね＝きれいな音。

末期 ｛まっき＝終わりの時期。
　　　まつご＝人が死にかけている時。

大家 ｛おおや＝家を貸している人。
　　　たいか＝大きな家。その道にたいへんすぐれている人。
　　　たいけ＝立派な家系。

今日 ｛こんにち＝現代。
　　　きょう

(四) 特殊《とくしゅ》な音訓・熟字訓・当て字

その他、格子（こうし）、相殺（そうさい）、言質（げんち）、由緒（ゆいしょ）など、また蚊帳（かや）、猛者（もさ）など、習慣的に使われている特殊《とくしゅ》な音訓による読み方や当て字がある。日本語独特のことばに二つ以上の漢字を当て、一字ずつ分けて読むことのできないものを熟字訓といい、浴衣（ゆかた）、七夕（たなばた）など二字熟語の形に作られているものが多い。漢字は意味上のはたらきのみに用いられていて、音《おん》も訓も関係がない。（詳《くわ》しい学習は付表三参照。）

例

明日	あす	今日	きょう	昨日	きのう
土産	みやげ	一日	ついたち	大和	やまと
足袋	たび	一人	ひとり		

当て字には、外国の地名や外来語を、漢字の音《おん》だけを利用したり、又《また》は意味だけを利用して表したものがある。

a　読み方を利用した当て字の例

国名・地名	略した使い方	漢字名	国名・地名	略した使い方	漢字名
アジア	亜	亜細亜	フランス	仏	仏蘭西
アメリカ	米	亜米利加	ヨーロッパ	欧	欧羅巴
イギリス	英	英吉利	ホンコン		香港
イタリア	伊	伊太利	パリ		巴里
インド	印	印度	ローマ		羅馬
オーストラリア	豪	豪太剌利	サンフランシスコ		桑港
カナダ	加	加奈陀	ロスアンゼルス		羅府
ドイツ	独	独逸	ロンドン		倫敦
フィリピン	比	比律賓	ニューヨーク		紐育

b　漢字の意味を利用した当て字の例

例　タバコ　煙草　アルコール　酒精　カボチャ　南瓜
ビール　麦酒　ガラス　硝子　キセル　煙管

音訓両用の利点　音《おん》と訓のあることは漢字の読み方を複雑にし、不便が起きる原因になっている。しかし、訓読みのおかげで、意味はだれにでも分かる。例えば、「水力発電」のように「水力」がつく語は「ミズ」の「チカラ」で何かをするということは、小学生にも分かる。日本人が長い歴史を通して漢字を捨てずに、一般的な市民の日常生活の中で使ってきたのは、訓読みをしたからだという意見もある。

また音《おん》読みにする漢字の語句は、簡潔で力強い歯切れのよさがあり、大和《やまと》ことばの間にあって、日本語の表現を引き締《し》める役割を果たしている。例えば、「子供がヒトリダチ（独り立ち）する時を親は待っているが、そのためには幼い時から子供にドクリツ（独立）の精神を養わせる。」という場合に、「ヒトリダチ」の精神より「ドクリツ」の精神の方がキッパリと頼もしい感じがする。このような音《おん》と訓の使い分けは日本人の言語生活を豊かにしている。

練習問題〔二〕の㈡㈢㈣

一　片仮名で書かれた部分の表記として正しいと思う漢字を選んで（　）に入れなさい。

1　遭・会・合
- イ　先生にアって相談する。（　　）
- ロ　彼《かれ》と話がアって楽しい。（　　）
- ハ　いやな目にあって悲しい。（　　）

2　表・現・著
- イ　先生は新しい文法書をアラワした。（　　）
- ロ　目は心をアラワす。（　　）
- ハ　富士山は美しい姿をアラワした。（　　）

3　撃・打・討
- イ　転んで頭をウった。（　　）
- ロ　江戸の敵《かたき》を長崎でウつ。（　　）
- ハ　ウった弾《たま》が的に当たる。（　　）

4 上・挙・揚
イ 例をアゲて説明する。（　）
ロ 値段をアゲてから客が減った。（　）
ハ 凧《たこ》をアゲて遊ぶ。（　）

5 裁・立・建
イ 高層建築がタつ。（　）
ロ 家の前にタつ大木。（　）
ハ 仕立屋が布をタつ。（　）

6 映・写・移
イ 新しいカメラでウッす。（　）
ロ 新しい家にウッる。（　）
ハ 山影《やまかげ》が水にウッる。（　）

7 犯・侵・冒
イ 危険をオカして出帆《しゅっぱん》する。（　）
ロ 法をオカして裁かれる。（　）
ハ 敵《てき》に領土をオカされる。（　）

8 明・空・開
イ 窓をアける。（　）
ロ 夜がアける。（　）
ハ 車間をアける。（　）

9 説・解・溶
イ 絵の具を水でトく。（　）
ロ 難問をトく。（　）
ハ 神の教えをトく。（　）

10　昇・登・上
- イ　山にノぼる。（　　　）
- ロ　坂をノぼる。（　　　）
- ハ　日がノぼる。（　　　）

二　傍線《ぼうせん》部の語は読みが同じですが、意味が違《ちが》います。［　　］に読み方を入れ、（　　）に各々の文の意味を書き入れなさい。

1　［　　］
- イ　東西《とうざい》ベルリンの壁《かべ》は厚い。（　　　）
- ロ　東京の夏は暑い。（　　　）
- ハ　熱いお湯できれいに洗う。（　　　）

2　［　　］
- イ　荒い波風にもまれる船。（　　　）
- ロ　縫《ぬ》い目《め》が粗いので破れやすい。（　　　）

3　［　　］
- イ　チームの団結は固い。（　　　）
- ロ　緊張《きんちょう》して表情が硬い。（　　　）
- ハ　堅い木材を使った丈夫《じょうぶ》な椅子《いす》。（　　　）

4　［　　］
- イ　失敗も貴い経験である。（　　　）
- ロ　人の命は尊い。（　　　）

5　［　　］
- イ　長い髪《かみ》が自慢《じまん》だ。（　　　）
- ロ　二人の末永い幸せを祈《いの》る。（　　　）

6　［　　］
- イ　結婚《けっこん》するのはまだ早い。（　　　）
- ロ　草刈《くさか》り機で刈《か》ると速い。（　　　）

7 「　　」 イ 神は善い行《おこな》いに報いて下さる。（　　）
ロ 良いニュースは少ない。（　　）

8 「　　」 イ 春の日射しは柔《やわ》らかい。（　　）
ロ 新しい粘土《ねんど》は軟らかい。（　　）

9 「　　」 イ この土地の気候は暖かい。（　　）
ロ 温かいスープで体を暖める。（　　）

10 「　　」 イ 私の母はもう亡い。（　　）
ロ 失敗して自信が無い。（　　）

三　傍線《ぼうせん》部の語を音《おん》で読むか訓で読むか、文脈から判断して「　」の中に読みを入れなさい。

1 イ 犯人の足跡を調べる。「　　」
ロ 人類の足跡を世界史に見る。「　　」

2 イ 毎朝寺の前に市が立つ。「　　」
ロ 県庁所在地なら大きい市だろう。「　　」

3 イ 父は小さな町工場を経営しています。「　　」
ロ 伯父《おじ》は大手メーカーのプラントの工場長です。「　　」

4 イ このごろは工夫と言わず労働者と呼ぶ。「　　」
ロ 何をするにも創意工夫が大切である。「　　」

5 イ 丁寧《ていねい》なことばで敬意を表する。「　　」
ロ お礼のことばで感謝の気持を表す。「　　」

6 イ その後お元気ですか。〔　〕
ロ あの後どうなりました？〔　〕

7 イ あの方はどなた？〔　〕
ロ あの方が安い。〔　〕

8 イ 故郷の母に一目会いたい。〔　〕
ロ 父は母に一目置いている。〔　〕

9 イ 一日一善を心がける。〔　〕
ロ 一日に会いましょう。〔　〕

10 イ 彼《かれ》より一足早く着いた。〔　〕
ロ ブーツを一足新調した。〔　〕

11 イ 金の指輪を買いたい。〔　〕
ロ 金では買えぬものがある。〔　〕

四 次の熟語は⑴湯桶《ゆとう》読み、⑵重箱《じゅうばこ》読み、⑶音《おん》読み、⑷訓読み、のうちのどれですか。番号を（　）の中に入れなさい。

1 天気（　）　2 試合（　）　3 無事（　）　4 荷車（　）　5 四人（　）
6 川下（　）　7 紺色（　）　8 白菊（　）　9 人質（　）　10 実力（　）

五 傍線《ぼうせん》部の漢字の読み方を〔　〕に入れなさい。

1 五月晴れが心地良い。〔　〕〔　〕

2　十重二十重に囲まれる。〔　　〕
3　為替を紛失《ふんしつ》し、真っ青になる。〔　　〕〔　　〕
4　迷子が目を真っ赤に泣きはらす。〔　　〕〔　　〕
5　八百屋で果物を買う。〔　　〕〔　　〕
6　大人のくせに意気地がない。〔　　〕〔　　〕
7　最寄りの交番に届ける。〔　　〕
8　友達と別れるのが名残惜《お》しい。〔　　〕〔　　〕
9　吹雪の中で行方不明になった。〔　　〕〔　　〕
10　木綿の浴衣を着て涼《すず》む。〔　　〕〔　　〕

六　傍線《ぼうせん》の部分はどの国を指していますか。

1　仏印戦争（　　）
2　西欧諸国（　　）
3　日米貿易摩擦《まさつ》（　　）
4　対比援助（　　）
5　日豪経済会議（　　）
6　南欧の輝《かがや》き（　　）
7　対英輸出（　　）
8　日中首脳会談（　　）
9　西独大統領（　　）
10　伊首相訪米（　　）
11　訪韓日程（　　）
12　英仏海峡《かいきょう》（　　）
13　米加十二大学（　　）
14　日露戦争（　　）
15　日葡辞書（　　）
16　蘭学事始《ことはじめ》（　　）

〔三〕 漢字の学び方

(一) 漢語の基本的な構成

外来語の中の中国語、及《およ》びそれにならって日本で造られた語を、「漢語」と呼んでいる。

例　宙《ちゅう》に舞《ま》う　貧《ひん》すれば鈍《どん》す　形式を重んじる　悠々《ゆうゆう》自適の暮《く》らし

これらの漢語はふつう字音《じおん》で読み、名詞が多数を占《し》める。それらがサ変動詞に用いられる例も多い。「貧《ひん》する」、「鈍《どん》する」はその例である。

二つ以上の単語が合わさって一つのまとまった語となったものを熟語と呼ぶが、漢字熟語の構成がどうなっているかを知れば、それらの熟語が単に漢字の寄せ集めではないことが分かり、日本語を理解する上にも、正しく記憶《きおく》するためにも大いに役立つ。

漢字熟語には、二字から成るものが多い。三字、四字の熟語もほとんどが二字の熟語を組合せたり、一字を加えたりしたもので、基本は二字の熟語と考えてよい。

1 二字熟語の構成

以下のように分類して学習することが望ましい。

(1) 同じ漢字を重ねて、複数・繰《く》り返《かえ》し・強調などの意味を持たせる

例　人々、方々、一々、国々、点々、少々、徐々《じょじょ》、順々、転々、年々、昔々、

堂々、窮々《きゅうきゅう》、刻々、早々

(2)　意味の似通《にかよ》った文字を重ねて、一つの意味を持たせる

例　迅速《じんそく》、膨張《ぼうちょう》、墜落《ついらく》、別離《べつり》、娯楽《ごらく》、核心《かくしん》、勤勉、革新、疾病《しっぺい》、商売、貫徹《かんてつ》

(3)　意味の対《つい》になる文字の組合せで、両方の意味を表す

例　男女、上下、前後、左右、内外、朝晩、昼夜、寒暖、今昔《こんじゃく》、多少、長短、強弱、美醜《びしゅう》、善悪、粗密《そみつ》、表裏、緩急《かんきゅう》、優劣、公私

(4)　主語と述語の関係をもつ

例　日没《にちぼつ》、地震《じしん》、県立、国営、腹痛、人工、発泡《はっぽう》、退色

(5)　上の字が修飾語《しゅうしょくご》となるもの

例　善行、悪人、上司、鶏卵《けいらん》、楽譜《がくふ》、庶務《しょむ》、醸造《じょうぞう》、空腹、強調、実物、春雨《はるさめ》、神話《しんわ》

(6)　[述語＋目的語] の組合せ

例　切腹、騎馬《きば》、脱獄《だつごく》、入庫《にゅうこ》、匿名《とくめい》、出国、送金、失調、謝罪、耐震《たいしん》、成仏《じょうぶつ》、点取、便乗《びんじょう》

(7)　否定を表す漢字やその他の接頭語・接尾語《せつび》のように用いられる文字と組合せたもの

例　不利、無学、非行、未知、亜流、再審、合理、美的、陽性、同化、緯度、寒気、強味、平然

練習問題〔三〕の(1)の1

次の熟語の構成がどうなっているか考えなさい。

1 救援《きゅうえん》（　　）　11 衛生（　　）
2 頭痛（　　）　12 紅白（　　）
3 貧富（　　）　13 小児（　　）
4 公的（　　）　14 年々（　　）
5 後退（　　）　15 犯罪（　　）
6 無知（　　）　16 鎮火《ちんか》（　　）
7 賞罰《しょうばつ》（　　）　17 必勝（　　）
8 返還《へんかん》（　　）　18 滅亡《めつぼう》（　　）
9 急変（　　）　19 駐車《ちゅうしゃ》（　　）
10 佳作《かさく》（　　）　20 色々（　　）

2 三字熟語の構成

(1) 対等の三字からなっていて、各々の字の意味を表す

例 衣食住、真善美、松竹梅《しょうちくばい》、度量衡《どりょうこう》、優良可、上中下

(2) 接頭語・接尾《せつび》語のように用いられる文字との組合せ

例　無意識、非能率、不可能、超満員、反体制、軽音楽、単細胞《さいぼう》、再調査、未完成
正当化、積極的、必然性、立場上、厳戒《げんかい》下

(3)　一方が他方を説明する組合せ

例　三原色《さんげんしょく》、重労働、別世界、軽犯罪、静電気、原住民、食中毒、有識者《ゆうしきしゃ》、弁護士、既製《きせい》服、項目《こうもく》別、請求《せいきゅう》権、掲載《けいさい》料、読唇《とくしん》術、収入源、水族館、喫茶《きっさ》店、中華《ちゅうか》街

(4)　二字熟語に動詞的役割をもつ一字を加えたもの（動詞＋目的語又《また》は主語＋述語）

例　禁進入、要注意、人口増、生産減

練習問題〔三の㈠の2

次の熟語の構成を考えなさい。

1　言語学（　　）
2　大原則（　　）
3　新開地（　　）
4　不平等（　　）
5　年月日（　　）
6　全財産（　　）
7　収入源（　　）
8　急上昇《じょうしょう》（　　）
9　天地人（　　）
10　未完成（　　）
11　無尽蔵《むじんぞう》（　　）
12　超特価《ちょうとっか》（　　）
13　知日派（　　）
14　親米的（　　）

3 四字熟語の構成

以下のように分類するとわかりやすい。

(1) 対等の四字からなっていて、それぞれの文字の意味を表す

例 春夏秋冬、兄弟姉妹、東西南北、都道府県、鳥獣《ちょうじゅう》虫魚、花鳥風月、士農工商、喜怒哀楽《きどあいらく》

(2) 対《つい》になる文字を含《ふく》む

例 東奔西走《とうほんせいそう》、右往左往、晴耕雨読、廃藩置県《はいはんちけん》、一朝一夕《いっちょういっせき》、大同小異、同工異曲、竜頭蛇尾《りゅうとうだび》、海千山千《うみせんやません》、朝令暮改《ぼかい》、勧善懲悪《かんぜんちょうあく》、空前絶後、天変地異《てんぺんちい》

(3) 意味の似通《にかよ》った二字熟語の組合せ

例 起居動作、清廉潔白《せいれんけっぱく》、無学文盲《もんもう》、大言壮語《たいげんそうご》、片言隻語《へんげんせきご》、金科玉条、取捨選択《しゅしゃせんたく》、極楽浄土《ごくらくじょうど》、自由自在

(4) 二字熟語の前者が後者を修飾《しゅうしょく》する

例 戸籍謄本《こせきとうほん》、舗装《ほそう》道路、社会福祉《ふくし》、教育制度、諮問《しもん》機関、威嚇《いかく》戦術、乾布摩擦《かんぷまさつ》、経済大国、保険医療《いりょう》、異常気象

(5) 主語と述語の関係にある二字熟語の組合せ

例 意気揚々《ようよう》、筋骨隆々《りゅうりゅう》、興味津々《しんしん》、交通渋滞《じゅうたい》、主客転倒《てんとう》、体力消耗《しょうもう》、首尾一貫《しゅびいっかん》、遺憾千万《いかんせんばん》、物質代謝、百花繚乱《ひゃっかりょうらん》

(6) 目的語と述語の関係にある二字熟語の組合せ

例 撤退《てったい》命令、意匠《いしょう》登録、技術提携《ていけい》、奴隷《どれい》解放、漢詩朗詠《ろうえい》、日本研究、食糧生産

農業開発、法律改正、財閥《ざいばつ》解体、天体観測、契約更新《けいやくこうしん》

(7) 同じ字を重ねた二字熟語の組合せで強調を表す

例 平々凡々《へいへいぼんぼん》、年々歳々《ねんねんさいさい》、虚々《きょきょ》実々、戦々恐々《せんせんきょうきょう》、唯々諾々《いいだくだく》、明々白々《めいめいはくはく》

(5)の第一～三例のように、述部の二字が同じ字の繰《く》り返《かえ》しで強調になっているものも多い。

例 自信満々、多士済々《たしせいせい》、小心翼々《よくよく》、威風《いふう》堂々、余裕綽々《よゆうしゃくしゃく》

(8) 三字＋一字の組合せで、前者が後者を修飾《しゅうしょく》する。

例 五里霧中《ごりむちゅう》、十万億土、愛別離苦《りく》

練習問題〔三〕の㈠の3

次の熟語の構成が、3の四字熟語の構成の説明の(1)～(8)のどれに当たるか考えなさい。

1 奇々怪々（　） 2 内憂外患《ないゆうがいかん》（　） 3 山川草木（　） 4 才色兼備（　）

5 世襲《せしゅう》財産（　） 6 用意周到《しゅうとう》（　） 7 日進月歩《にっしんげっぽ》（　） 8 冠婚葬祭《かんこんそうさい》（　）

9 群雄割拠《ぐんゆうかっきょ》（　） 10 馬耳東風（　） 11 難行苦行（　） 12 是々非々（　）

13 弱肉強食（　） 14 七転八起（　） 15 難攻《なんこう》不落（　） 16 事業計画（　）

17 子々孫々（　） 18 食糧《しょくりょう》不足（　） 19 栄枯盛衰《えいこせいすい》（　） 20 喜怒哀楽《きどあいらく》（　）

21 南船北馬（　） 22 右往左往（　） 23 基本問題（　） 24 半信半疑（　）

25 戦々恐々（　　）　26 大器晩成（　　）　27 我田引水（　　）　28 思慮《しりょ》分別（　　）
29 徹頭徹尾《てっとうてつび》（　　）　30 温故知新（　　）　31 問題解決（　　）　32 意気投合（　　）
33 正々堂々（　　）　34 支離滅裂《しりめつれつ》（　　）　35 適材適所（　　）

4 数字を組み入れた熟語

一、十、百、千、万などの数字を組合せて、数や程度の大小を強調する熟語が少なくない。これに着目して学習するのも面白い。

例　一旦《いったん》、一風《いっぷう》、一見、一層、一寸《ちょっと》
三百代言、嘘《うそ》八百、（白髪《はくはつ》）三千丈《さんぜんじょう》
一朝一夕《いっちょういっせき》、一喜一憂《いちゆう》、一長一短、一挙一動、一進一退、一石二鳥
二束三文、二者択一《たくいつ》、三人三様、三寒四温、三三五五
四角四面、四苦八苦《しくはっく》、四方八方《しほうはっぽう》、五風十雨、五分五分《ごぶごぶ》
七転《ななころび》八《や》起《おき》、九分九厘《くぶくりん》、十中八九《じゅっちゅうはっく》、十人《じゅうにん》十色《といろ》
五十歩《ごじっぽ》百歩、百発百中《ひゃっぱつひゃくちゅう》
一日千秋《いちじつせんしゅう》、一刻千金、千載一遇《せんざいいちぐう》、海千山千《うみせんやません》
千差万別《せんさばんべつ》、千客万来《せんきゃくばんらい》、千変万化《せんぺんばんか》、遺憾千万《いかんせんばん》

これらが前述の構成から見てどれに当たるか、また数字は多いことを強調しているのか、非常に小さいと言っているのか、単なる語呂《ごろ》合わせか、いろいろ考えてみるとよい。

練習問題〔三〕の㈠の4

次の漢語の数字が果たしている共通の役割（意味）は何か。

1　四方八方《しほうはっぽう》、四苦八苦《しくはっく》／七転八倒《しちてんばっとう》、七転八起《ななころびやおき》／千差万別《せんさばんべつ》、千客万来《せんきゃくばんらい》（　　）

2　一見、一朝一夕《いっちょういっせき》、二束三文（　　）

5　故事来歴《こじらいれき》に基づく熟語

漢語には、故事来歴《こじらいれき》によるものが多くある。その由来を知った上で、適材適所に用いると効果的である。

朝三暮四［ちょうさんぼし］（列子黄帝《れっしこうてい》）

春秋宋《しゅんじゅうそう》の狙公《そこう》が、飼《か》っていた猿《さる》に木の実を与えるのに、朝に三つ暮《くれ》に四つ与《あた》えたら少ないと怒《おこ》り、朝に四つ暮《くれ》に三つ与《あた》えたら喜んだという。目前の差別にこだわって結果が同じであることに気づかないこと、またまして馬鹿《ばか》にすること。生計の意味にも使う。

矛盾［むじゅん］（韓非子《かんびし》）

楚《そ》の国に矛《ほこ》と盾《たて》を売る者があって、どちらも絶対に丈夫《じょうぶ》だと言ったので、ひとに「お前の矛《ほこ》でお前の盾《たて》を突《つ》いたらどうなるか」と問われ、答えられなかったという故事による。自家撞着《どうちゃく》、つじつまの合わないこと。

紅一点［こういってん］（王安石《おうあんせき》、石榴詩《せきりゅうし》「万緑中紅一点」）

青葉の中に一輪の赤い花が咲《さ》いていることから、異彩《いさい》を放つもの、また男子の中にまじっている一人の女子を意味する。

練習問題〔三〕の(一)の5

傍線《ぼうせん》部の熟語の故事来歴《こじらいれき》を調べなさい。

1 賃上げ闘争《とうそう》では両派が呉越同舟《ごえつどうしゅう》となる。
2 どっちに転んでも五十歩百歩《ごじっぽひゃっぽ》さ。
3 元首相も今は四面楚歌《しめんそか》だ。
4 彼《かれ》の裏切りは金輪際《こんりんざい》許さない。
5 私の苦痛は彼《かれ》には風馬牛《ふうばぎゅう》だ。
6 幸運に有頂天《うちょうてん》になる。

6 長い熟語の分析《ぶんせき》

漢字二字で熟語ができる。それに一字加えれば三字熟語となり、さらに一字足せば四字熟語になる。このようにしてさらに長いものもできる。

例 文↓文化↓文化的↓非文化的↓非文化的生活↓非文化的生活環境《かんきょう》

前述の漢語構成を考慮《こうりょ》して、こうした長い熟語を区切ると、意味が分かりやすくなり、また知らない部分の読み方や意味を辞書で調べることができる。

例　日本史研究家　←(日本＋史)＋(研究＋家)
食糧《しょくりょう》生産調整　←食糧《しょくりょう》＋生産＋調整
重要文化財　←重要＋(文化＋財)
学校教育制度改革　←{(学校＋教育)＋制度}＋改革

練習問題〔三〕の㈠の6

次の熟語をかっこを用いて分解しなさい。

1　国際交流推進団体←（　　　　　）
2　長野県南安曇郡穂高町十番地←（　　　　　）
3　国語審議会漢字部会作成←（　　　　　）
4　対共産圏輸出統制委員会←（　　　　　）
5　規制違反再発防止策←（　　　　　）

㈡　基本的な漢字

1　部首との関連で学ぶ

常用漢字一、九四五字は、日常使用される漢字の目安であるから、これらが新聞・雑誌その他で普段《ふだん》目にする基本的なものとなるが、前述のように、これら常用漢字の中にも頻度《ひんど》の高低があるので、どの漢字から学び始めるかはひとりでに決まってくる。

特に日本語学習の第一歩を踏《ふ》み出す際にぜひすすめたいのは、部首と関連させた勉強法である。部首のもととなっている字母《じぼ》と、それから発展していった部首が頭に入っていると、先へ進むこともより易しくなる。（部首については35ページ参照。）

2 造語力の強い漢字をマークすること

造語力のある漢字を見分けることで、熟語全体の意味がとらえやすくなるだけでなく、辞書を引く際に、語のどの部分を取り出して探せばよいか見当をつけることができる。

上につく漢字の例――■□□

非（公式）	大（歓迎）	超（能力）	各（方面）	総（攻撃《こうげき》）
未（経験）	小（旅行）	両（殿下）	反（主流）	前（社長）
不（可能）	新（手法）	御（夫妻）	副（首相）	乱（開発）
無（関係）	旧（街道）	全（人類）	元（会長）	

下につく漢字の例――□□□■

（学校）内	（文明）化	（日本）風	（研究）室	（射撃《しゃげき》）手
（専門）外	（既得《きとく》）権	（日本）式	（文学）部	（音楽）家
（点検）中	（会員）数	（XY）型	（国文）科	（果物《くだもの》）屋
（規則）上	（侵入）罪	（円筒《えんとう》）形	（庶務《しょむ》）課	（施工《せこう》）主
（支配）下	（項目《こうもく》）別	（三人）目	（研究）者	（人生）観

（人間）性　（会員）制　（数十）回　（会計）士　（差別）視

（伝統）的　（日本）製　（数十）度　（研究）員　（百人）余

練習問題〔三〕の㈡の2

正しいものを選びなさい。

1 私はその事件と（無・非・未・不）関係だ。

2 （片・両・全）親とも元気だ。

3 （片・両・全）目をつぶって合図した。

4 （無・非・未・不）経験なので不安だ。

5 （新・旧）学期の準備をする。

6 （新・旧）制度を復活《ふっかつ》する。

7 社（内・外）の問題はヒミツだ。

8 新製品の使用（上・中・下）の注意を読む。

9 専門（内・外）のことには答えられない。

10 エレベーターは今点検（上・中・下）だ。

第三章　辞書について

〔一〕辞書（辞典）の種類

日本語の辞書は、大きく二つに分けられる。国語辞典と漢字（漢和）辞典である。

a　国語辞典

言葉の意味を調べたいとき、言葉を知っていても書き方がわからないとき、言葉の実際の使い方が知りたいときなどに、国語辞典を引くとよい。

次に主なものを挙げてみよう。

「学習国語辞典」……………小中学生を対象としていて、説明がやさしいので、初めて国語辞典を使う場合に向いている。

「例解（用例）国語辞典」……豊富な用例が示されている。

「国語小辞典」……………ごく日常的な言葉はこれで調べられる。小さいので携帯《けいたい》用によい。

「国語中辞典」……………かなり大きいので、たいていのことばは調べられる。机上《きじょう》用。漢字についても、字源や字義など漢和辞典の代用をするものもある。

「広辞苑」など…………大辞典として豊富な語彙《ごい》を含《ふく》む。
「日本国語大辞典」…………何冊にも分かれる大部《たいぶ》の辞典である。

机上《きじょう》にぜひ備えたい辞書として、上記の国語辞典のほかに次のものがある。

「国語表記ハンドブック」…表記に関して、同訓異字の使い分け、漢字や送りがなの確認、
筆順などを調べるのに簡便で使いやすい。
「用字用語辞典」…………漢字の使い分け、語句の用例を見るのに便利なもの。

その他、用途《ようと》に応じて次のような各種辞典を使い分ける。

「アクセント辞典」、「擬音《ぎおん》語、擬態《ぎたい》語辞典」、「同音異義語辞典」、「同訓異義語辞典」、「古語辞典」、「方言辞典」、「故事ことわざ辞典」など。

b　漢字辞典

漢字の読み方（音訓）と意味、熟語の読み方と意味が分からない時に用いる。

諸橋轍次《もろはしてつじ》の「大漢和辞典」は最も大きな漢和辞典で約五万字が収められている。学習用には、携帯《けいたい》に便利な小辞典や机上《きじょう》用に中辞典を備えるのが望ましい。初心者向きとしてフローレンス・サカデの *A Guide to Reading and Writing Japanese* やオニール（O'Neill）の *Essential Kanji* がある。さらに詳《くわ》しいものとして、英語の説明があり、検索《けんさく》に工夫《くふう》のあるネルソン（Nelson）の *Japanese-English Character Dictionary* が使いやすい。

〔二〕

辞書の引き方

a　国語辞典

五十音順に並《なら》べてある。和語・漢語は平仮名で、外来語は片仮名で示してある。発音にしたがった、辞典の表音式仮名遣《かなづか》いは、現代仮名遣《かなづか》いと次のような違《ちが》いがある。

現代仮名遣《かなづか》いで「ぢ」「づ」となるものも、「じ」「ず」で表している。

例　ちぢむ→ちじむ

助詞の「は」「へ」「を」は「わ」「え」「お」となっていることがある。

例　こんにちは→こんにちわ

長音をすべて「ー」で表す辞典もある。

例　とおか→とーか、こうか→こーか

外来語の片仮名表記で、「v」に「ヴ」をあてている辞典もある。

例　ベートーヴェン、ヴァイオリン

同音語では、和語・漢語・外来語の順になるのがふつうである。

例　いい・きみ〔好い気味〕
　　イー・キュー〔EQ〕

b **漢字辞典（漢和辞典）**

漢字辞典には三種類の索引《さくいん》がついている。この索引《さくいん》を使って、まず親字（探している漢字、または熟語の最初の漢字）を見つけ出す。

(1) **音訓索引《さくいん》**

その辞書にある漢字の音《おん》と訓を五十音順に並《なら》べたもの。調べたい漢字の読み方を一つでも知っているとき、熟語なら最初の漢字の読み方を知っていれば、この方法で探す。

例 「生地」の読み方と意味を調べたいとき。

「生」に［いきる］［せい］［しょう］などの読み方があるのを知っていれば、音訓索《さく》引《いん》で「生」を探し、そのページの「生」のところに並《なら》ぶ熟語の中から「生地」を見つけて、読み方［きじ］と意味を知ることができる。

(2) **総画索《さく》引《いん》**

漢字を画数《かくすう》によって並《なら》べている。読み方のまったく分からない漢字を探すときに使う。

例 「商店」の読み方と意味を調べたいとき。

「商」を指で書いてみると、十一画であることが分かる。総画索引《さくいん》の十一画の部を見ると、同じ画数《かくすう》の字は部首ごとにまとめ、音《おん》読みで五十音順に並《なら》べてある。「商」は十一画の「くちへん」のまとまりの中から見つけられる。そこに示されたページを見ると、親字「商」の下に並《なら》ぶ熟語の中に「商店」が見つかる。

画の数え方も間違《まちが》えやすい。筆順を覚えるときに、正しい数え方を習うようにする。

(3) 部首索引《さくいん》

読めない漢字を部首によってさがす。部首のリストはたいてい、辞典の表紙裏《ひょうしうら》（見返し）にあるので、部首の画数《かくすう》を数えて、「にんべん」なら二画のところに「人」をさがして、そのページを見る。同じ部首の漢字は、部首をのぞいた部分の画数《かくすう》の順に並《なら》んでいる。

例　「例題」の読み方と意味を調べたいとき。

辞典の表紙裏《ひょうしうら》の部首索引《さくいん》で「にんべん」のページを探す。二画のところに「人」がある。親字「人」の下に並《なら》ぶ熟語の中から、「列」が六画なので、その辺に「例題」を見つける。

〔三〕　部首の探し方

部首を見つけるのは簡単ではない。二つの漢字の中に一つ以上の部首が含《ふく》まれていることが多いからである。三百年ほど前に中国で分類された漢字の共通部分を部首と呼んでいるが、今日の新字体が伝統的分類に従っている場合もある。次にネルソンの Radical Priority System に基づいて、漢字の部首を見分ける練習をしてみよう。

1　まず、文字全体が部首として扱《あつか》われているものを知る。辞典の表紙裏《ひょうしうら》の部首一覧《いちらん》をじっくり眺《なが》め、頭に入れる。

2　次の五字は部首が一つだけあるものとして、覚えておく。

乃、及、久↓「丿」で探す。〆↓「丶」で探す。了↓「亅」で探す。

3 左右が部首なら、左を優先して探す。

4 上下が部首なら、上を優先して探す。

5 同一箇所《かしょ》に二つあるなら、画数《かくすう》の多い方をとる。

6 二方以上を囲んでいる部首があれば、それで探す。「たれ」「にょう」「かまえ」などの名で呼ばれる部首がこれにあたる。

7 文字の左端《はし》を他と交わらずに完全に支配する部首をとって探す。彫、励の「丿」など。

8 右側を完全に支配する部首（交わらず、触《ふ》れるのはよい）をとって探す。幽の「丨」。

9 他と交わらずに、上にのっている部首で探す。まず「かんむり」がそうである。

例 空の「穴」、男の「田」、奪の「大」、分の「八」、善の「䒑」（羊は交わっている。）

10 他と交わらず独立してある下部の部首。

例 急の「心」、学の「子」など。

11 以上の方法で、どうしても正しい部首が分からず、辞典に見つけられないとき、次の点から調べる。

a 左上の端《はし》に部首がないか。 例 報の「土」。

b 右上の端《はし》に部首がないか。 例 求の「丶」。

c 右下の端《はし》に部首がないか。 例 君の「口」。

d 左下の端《はし》に部首がないか。 例 虽の「虫」。

12 部首が交わっていたり、位置的に前述のような規則が当てはまらないときは、次のように探すとよい。

a　一番高い位置を占《し》める部首をとる。

例　事の「亅」、叉の「又」、夫の「丿」。

b　高さが同じなら、画数《かくすう》の小さい方をとる。

例　丹の「丿」、冊の「一」。

c　高さも画数《かくすう》も同じなら、左をとる。

例　井の「丿」、必の「丶」。

ネルソンの漢英辞典の付録にある More About Radicals, How to Count Strokes（「部首と画数《かくすう》の数え方詳説《しょうせつ》」）は、漢和辞典に慣《な》れない外国人学生にとって、親切な手引きである。

練習問題〔一〕〔二〕〔三〕

一　国語辞典を使って、次の言葉を調べなさい。

1　「しわよせ」の意味。（　）

2　「進級《しんきゅう》」の意味。（　）

3　「シンクタンク」の意味。（　）

4　「平常運行《へいじょううんこう》」の意味。（　）

5　「しゅうがくりょこう」の漢字。（　）

二　国語表記辞典、現代表記ハンドブック、用字用語辞典などを使って調べなさい。

1　「新聞」の「新」を確かめる。（　　　）

2　「約《やく》ソク」の「ソク」が思い出せない。（　　　）

3　「草がハエル」の「ハエル」の漢字と送りがな。（　　　）

4　「帰《かえ》る」と「返《かえ》る」の使い分け。（　　　）

5　「粛《しゅく》」の筆順。（　　　）

三　サカデ（Sakade）かオニール（O'Neill）の漢字辞典を使って調べなさい。

1　「上」の筆順《ひつじゅん》。（　　　）

2　「苦労《くろう》」の「労」の意味と、その漢字を使った他の熟語。（　　　）

3　「進歩《しんぽ》」の「進」と「歩」の筆順《ひつじゅん》と意味。（　　　）

4　平仮名と片仮名の筆記体。（　　　）

5　「歩《ある》く」の漢字の部分の他の読み方。（　　　）

四　次の語を漢和辞典を使って調べなさい。

1　音訓索引《さくいん》で、「生地」の読み方と意味。「生」は「せい」と読める。

（　　　）

2　音訓索引《さくいん》で、「後輩」の読み方と意味。「後」は「ご」と読める。

（　　　）

3　総画索引《さくいん》で、「商店」の読み方と意味。「商」は十一画である。
（　　　　）

4　総画索引《さくいん》で、「画」の読み方と意味。
（　　　　）

5　部首索引《さくいん》で、「例題」の読み方と意味。「にんべん」で探してみる。
（　　　　）

6　部首索引《さくいん》で、「筆」の読み方と意味。
（　　　　）

五　次の漢字の画数《かくすう》を数えなさい。

1 乙（　）　2 九（　）　3 七（　）　4 力（　）　5 月（　）
6 口（　）　7 日（　）　8 仏（　）　9 又（　）　10 込（　）
11 区（　）　12 句（　）　13 凶（　）　14 亡（　）　15 即（　）
16 女（　）　17 子（　）　18 穴（　）　19 山（　）　20 己（　）
21 処（　）　22 糸（　）　23 弓（　）　24 廷（　）　25 方（　）
26 氏（　）　27 母（　）　28 比（　）　29 斤（　）　30 甘（　）
31 臣（　）　32 衣（　）　33 良（　）　34 辰（　）　35 門（　）
36 馬（　）　37 骨（　）　38 鳥（　）　39 邦（　）

六 次の漢字の部首を探しなさい。

1 土（　） 2 下（　） 3 川（　） 4 戸（　） 5 天（　）
6 方（　） 7 友（　） 8 手（　） 9 員（　） 10 火（　）
11 吟（　） 12 牛（　） 13 四（　） 14 雨（　） 15 地（　）
16 車（　） 17 奔（　） 18 岩（　） 19 行（　） 20 左（　）
21 安（　） 22 星（　） 23 石（　） 24 枚（　） 25 走（　）
26 歌（　） 27 赤（　） 28 歩（　） 29 長（　） 30 犬（　）
31 病（　） 32 殺（　） 33 秋（　） 34 高（　） 35 狂（　）
36 自（　） 37 落（　） 38 詩（　） 39 栄（　）

第四章 総合問題

一 片仮名練習

1 次の外国語を片仮名で書いてみなさい。

(1) card（　　）
(2) heart（　　）
(3) cut（　　）
(4) engine（　　）
(5) order（　　）
(6) automatic（　　）
(7) key（　　）
(8) cake（　　）
(9) etiquette（　　）
(10) coffee（　　）
(11) San Francisco（　　）
(12) youth hostel（　　）
(13) slow tempo（　　）
(14) try（　　）
(15) tent（　　）
(16) needs（　　）
(17) nude（　　）
(18) quinine（　　）
(19) France（　　）
(20) hope（　　）
(21) fan（　　）
(22) fever（　　）
(23) face（　　）
(24) follow（　　）

(25) manner (　　)
(26) heat (　　)
(27) feet (　　)
(28) model (　　)
(29) mode (　　)
(30) honeymoon (　　)
(31) young (　　)
(32) yacht (　　)
(33) rail (　　)
(34) wagon (　　)
(35) kiwi (　　)
(36) watch (　　)
(37) gang (　　)
(38) Bible (　　)
(39) video (　　)
(40) peace (　　)
(41) post (　　)
(42) cash (　　)
(43) cupid (　　)
(44) shoes (　　)
(45) shopping (　　)
(46) chewing gum (　　)
(47) chalk (　　)
(48) chance (　　)
(49) news (　　)
(50) screw (　　)
(51) gesture (　　)
(52) guitar (　　)

2　次の片仮名語は英語から来たものです。もとの言葉を書きなさい。

(1) ドーナッツ (　　)
(2) トランジット (　　)
(3) フォーク (　　)
(4) レベル (　　)
(5) トータル (　　)
(6) ワン・ツー・スリー (　　)
(7) スーツケース (　　)
(8) カーブ (　　)

(9)　チューブ（　　　）
(10)　フィルム（　　　）
(11)　ウイークエンド（　　　）
(12)　スイッチ（　　　）
(13)　ホットドッグ（　　　）
(14)　クレジット（　　　）
(15)　ナイフ（　　　）
(16)　サービス（　　　）
(17)　サンプル（　　　）
(18)　ヨーロッパ・ツアー（　　　）
(19)　ケーブルカー（　　　）
(20)　コーナー（　　　）
(21)　チューリップ（　　　）
(22)　フィンガー（　　　）
(23)　ペンフレンド（　　　）
(24)　マッチ（　　　）
(25)　アップル・ジュース（　　　）
(26)　ビルディング（　　　）
(27)　フォーカス（　　　）
(28)　ボリューム（　　　）

3　次の国名をカタカナで書きなさい。

(1)　Argentine [aruzenchin]（　　　）
(2)　Denmark [denmāku]（　　　）
(3)　Greece [girisha]（　　　）
(4)　Jamaica [jamaika]（　　　）
(5)　Monaco [monako]（　　　）
(6)　Portugal [porutogaru]（　　　）
(7)　Turkey [toruko]（　　　）
(8)　West Germany [nishi doitsu]（　　　）

(9) Brazil [burajiru] (　　　) (12) Kenya [kenia] (　　　)

(10) Egypt [ejiputo] (　　　) (13) Norway [noruwē] (　　　)

(11) Hungary [hangari] (　　　) (14) Rumania [rūmania] (　　　)

二　数字の使い方

次の年月日をいろいろな書き方で書きなさい。

例　September 25, 1987
→1987年9月25日　千九百八十七年九月二十五日
一九八七年九月二五日

1　November, 15, 1567
→(　　　)

2　August 30, 1234
→(　　　)

3　May 5, 1432
→(　　　)

三　平仮名練習

次のローマ字文を平仮名に書《か》き換《か》えなさい。

1　Kinoo wa hidoi shippai o shite hazukashikatta.

（　　　　　　　　　　　　　　　　　　　　）

2　Kenpoo ni motozuite jinken o mamoru.

（　　　　　　　　　　　　　　　　　　　　）

3　Ookii mizutamari ga sukoshizutsu chiisaku natte iku.

（　　　　　　　　　　　　　　　　　　　　）

4　Ooyake no seki de wa kinchoo suru hito ga ooi.

（　　　　　　　　　　　　　　　　　　　　）

5　Ookami no tooboe o kiite chijimiagaru.

（　　　　　　　　　　　　　　　　　　　　）

四　繰《く》り返《かえ》し符《ふ》号《ごう》の使い方

繰《く》り返《かえ》し符《ふ》号《ごう》「々」を用いてよい場合には、漢字と入《い》れ替《か》えなさい。

1　学生生活（　　　　）　　3　威《い》風《ふう》堂堂（　　　　）

2　唯《い》唯《い》諾《だく》諾《だく》（　　　　）　　4　民主主義（　　　　）

5 筋骨隆隆《りゅうりゅう》（　　）
6 泣く泣く（　　）
7 津《つ》津《づ》浦《うら》浦《うら》（　　）
8 世界の国国（　　）
9 村の人人（　　）
10 日本本土（　　）

五 画数《かくすう》の数え方

次の漢字の画数を数えて（　）に入れなさい。

1 九（　　）　2 主（　　）　3 呉（　　）　4 飛（　　）
5 糸（　　）　6 区（　　）　7 参（　　）　8 悔（　　）
9 万（　　）　10 因（　　）　11 門（　　）　12 都（　　）
13 女（　　）　14 災（　　）　15 送（　　）　16 兼（　　）
17 子（　　）　18 弓（　　）　19 粛（　　）　20 乙（　　）

六 筆順《ひつじゅん》の問題

筆順《ひつじゅん》が1～9の原則に当てはまるものを、次の漢字の中から選んで（　）に入れなさい。

周　側　士　圏　小　女　間　題　参
回　延　越　国　急　州　承　土　句
勉　進　建　水　事　母　十　徹　真

1　上から下へと書いていくもの。（　）（　）（　）（　）
2　左から右へと書いていくもの。（　）（　）（　）（　）
3　かまえの中を書いてから閉じる。（　）（　）（　）（　）
4　かまえから中へ。（　）（　）（　）（　）
5　にょうを後《あと》から書く。（　）（　）（　）（　）
6　にょうを先に書く。（　）（　）（　）（　）
7　中心の次に左右を書く。（　）（　）（　）（　）
8　突《つ》き抜《ぬ》ける横画や縦画は最後。（　）（　）（　）（　）
9　横を先、縦をあとに書く。（　）（　）（　）（　）

七　音訓の読み分け

文脈から傍線《ぼうせん》部の語の読み方を（　）に入れなさい。

1　新製品売《う》り込《こ》みのため、市場調査を行う。（　）（　）
2　市場は、食料品や雑貨を買う人々でごったがえす。（　）（　）
3　憲法学の大家、A氏にインタビューする。（　）（　）
4　大家さんに家賃の値上げを迫《せま》られる。（　）（　）
5　死の直前に大事業を完成し、末期を飾《かざ》った。（　）（　）
6　末期症状《しょうじょう》に苦しむ病人に慰《なぐさ》める言葉もない。（　）（　）

7　落石の際に大きな音がした。（　）
8　遠くの寺の澄《す》んだ鐘《かね》の音が村まで響《ひび》く。（　）
9　天皇の名代として皇太子《こうたいし》が出席した。（　）
10　日本橋《にほんばし》には名代の老舗《しにせ》が並《なら》んでいる。（　）
11　今日は一日中雨だった。（　）
12　今日の社会情勢を三十年前と比較《ひかく》してみる。（　）
13　大勢集まってにぎやかだ。（　）
14　審議《しんぎ》の大勢から見て、会期の延長は避《さ》けられない。（　）
15　秋は山々の紅葉が美しい。（　）
16　庭の紅葉が紅葉して来た。（　）（　）
17　清水焼の茶わんをお土産に買った。（　）
18　森の中の清水のわきでるところで、一休みする。（　）
19　九月一日に出発する。（　）
20　疲《つか》れたので家で一日のんびりしていたい。（　）
21　子供が一人前なことを言う。（　）
22　参加者が一人増《ふ》えた。（　）
23　舞台《ぶたい》の上手から役者《やくしゃ》が現れ、下手に向かって歩きだした。（　）（　）
24　上手な役者は下手な拍手《はくしゅ》を喜ばない。（　）（　）
25　白髪の上品な老人が訪《たず》ねて来た。（　）
26　白髪混《ま》じりの年配の婦人が白髪染《ぞ》めを買って行った。（　）（　）

27 明日の天気は晴れだ。昨日も今日も雨だったが。（　）（　）（　）

28 昨日も本日もお留守《るす》でいらっしゃいましたので、明日もう一度お電話申し上げます。（　）（　）（　）

八 特殊《とくしゅ》な音訓の語

1 傍線《ぼうせん》部の漢字の読み方を（　）に入れなさい。

(1) 十二月を師走ともいう。（　）

(2) 病は気から。（　）

(3) 寺を建立する。（　）

(4) 精進揚げは野菜だけのてんぷらである。（　）

(5) 常夏の国ハワイ。（　）

(6) 銅が錆《さ》びて緑青が出た。（　）

(7) 父はなかなか納得しない。（　）

(8) 神主が祝詞を読む。（　）

(9) 野良で働く。（　）

(10) 浴衣を着る。（　）

(11) 竹刀で打つ。（　）

(12) 奈良《なら》は大和地方にある。（　）

(13) 三味線を弾《ひ》く。（　）

(14) 祭りの神楽を見る。（　）

(15) 日本は四方を海原に囲まれている。（　）

(16) エルベ島へ流罪になった。（　）

(17) 雑魚しか釣《つ》れない。（　）

(18) 祭りの山車を引く。（　）

(19) 若い女性と浮気をする。（　）

(20) もうお帰りですか、名残おしい。（　）

(21) 二十歳からは大人だ。（　）

(22) 結婚《けっこん》の仲人をする。（　）

(23) 八百屋で野菜を買う。（　）

(24) 秋は紅葉の季節だ。（　　）
(25) 神社の境内を散歩する。（　　）
(26) 七月七日は七夕だ。（　　）
(27) お盆《ぼん》に田舎に帰る。（　　）
(28) 敵に十重二十重に取り囲まれた。（　　）
(29) 寄席で日本の古典的娯楽《ごらく》を楽しむ。（　　）
(30) 大雨のため土砂が崩《くず》れた。（　　）
(31) 乳母に子供を育ててもらう。（　　）
(32) 河原で遊ぶ。（　　）
(33) 近眼の眼鏡をかける。（　　）
(34) 息子が生まれた。（　　）
(35) 五月雨が降る。（　　）
(36) 数寄屋造りの家を建てる。（　　）
(37) 砂利道を歩くと疲《つか》れる。（　　）
(38) 妻の行方が分からない。（　　）
(39) 岩の間から清水が湧《わ》いている。（　　）

(40) 家を立ち退く。（　　）
(41) 時雨が降る。（　　）
(42) 上司にお追従を言う。（　　）
(43) 会計は金銭の出納を扱《あつか》う。（　　）
(44) 納屋は物置小屋である。（　　）
(45) 寺の和尚が経文を読む。（　　）
(46) 結納を交わし婚約《こんやく》した。（　　）
(47) 和歌は日本の詩歌である。（　　）
(48) 夏至は夜が一年中で最も短い。（　　）
(49) これはあれと相殺される。（　　）
(50) 冷たい氷雨が降る。（　　）
(51) 落第は苦い思い出である。（　　）
(52) 庭に小さな築山がある。（　　）
(53) 一矢を報いる。（　　）
(54) 知らないと白をきる。（　　）
(55) 仮病を使って学校を休む。（　　）
(56) 甲州街道で交通事故があった。（　　）

(57) 宮内庁は皇室の事務を取り扱《あつか》う。（　　）

(58) 悪いことが起こりそうな胸騒ぎがする。（　　）

(59) 真紅のバラが咲《さ》いた。（　　）

(60) 稲が黄金色に実る。（　　）

(61) 平家《へいけ》は海の合戦に負けた。（　　）

(62) 今一月だから、再来月は三月になる。（　　）

(63) 十二月にはお歳暮を贈る。（　　）

(64) 仏教は殺生を禁じている。（　　）

(65) 子供が病気のときは小児科へ行く。（　　）

(66) 一週間は七日である。（　　）

(67) 老若男女が初詣《はつもうで》に行く。（　　）

(68) 馬の手綱を握《にぎ》る。（　　）

(69) 部屋《へや》を掃除する。（　　）

(70) 回教徒は一ヵ月間断食をする。（　　）

(71) 部屋《へや》の天井を見上げる。（　　）

(72) 他人の声色を真似《まね》する。（　　）

(73) 静脈に注射する。（　　）

(74) 家の普請をする。（　　）

(75) 今昔物語。（　　）

(76) 一切知りません。（　　）

(77) 布団に寝る。（　　）

(78) 偉《えら》い先生の弟子になる。（　　）

(79) 天の川は空を流れる。（　　）

(80) 旅行の支度をする。（　　）

(81) 納戸に物を入れる。（　　）

(82) 文章に句読点をうつ。（　　）

(83) 納豆は大豆《だいず》から作る。（　　）

(84) 手で拍子をとる。（　　）

(85) 八日に出発する。（　　）

(86) 苗代に稲《いね》の種を蒔《ま》く。（　　）

(87) 真実を暴露する。（　　）

(88) 木陰で休む。（　　）

(89) 面目ない。（　　）

(90) 問屋は小売り商に品物を卸《おろ》す。（　　）

(91) 結婚式《けっこんしき》の後で披露宴がある。
（　）

(92) 六日に来る。（　）

(93) 河岸で魚を買う。（　）

(94) 母屋と離《はな》れがある。（　）

(95) カがいるので蚊帳をつる。（　）

(96) 素人より玄人がうまい。（　）
（　）

(97) 景色のきれいな観光地。（　）

(98) 怖《こわ》くて生きた心地がしなかった。
（　）

(99) 隣《となり》の芝生は青く見える。（　）

(100) 年をとると白髪が増える。（　）

(101) 相撲は日本のスポーツだ。（　）

(102) 一日までここにいる。（　）

(103) 梅雨には毎日雨が降る。（　）

(104) 医学博士になる。（　）

(105) 風が強くて吹雪になった。（　）

(106) 途中《とちゅう》で迷子になった。（　）

(107) 夏は木綿の服がいい。（　）

2 （　）の中の平仮名を漢字に直しなさい。

(1) （あま）が海に潜《もぐ》って貝を採《と》る。〔　〕

(2) 暗いところが怖《こわ》いと言う（いくじなし）。〔　〕

(3) 赤ちゃんの（えがお）が愛らしい。〔　〕

(4) ハンターは、（かざしも）から獲物《えもの》をねらう。〔　〕

(5) 山の多い日本は、（かせん）の管理が重要だ。〔　〕

(6) 郵便局で一万円を（かわせ）にして送った。〔　〕

(7) 父は（きげん）がいいと小遣《こづか》いをくれる。〔　〕

(8) 冷夏の影響《えいきょう》が（けねん）される。（　　）
(9) （きょうだい）そろって頭がいい。（　　）
(10) （さつきばれ）の空に鯉《こい》のぼりが翻《ひるがえ》る。（　　）
(11) 毎日の（こんだて）を考えるのは楽ではない。（　　）
(12) 境内《けいだい》での商売はご（はっと）だ。（　　）
(13) （さいふ）の底をはたいて車を買った。（　　）
(14) （しょうじん）の結果優れた演奏家になる。（　　）
(15) （しろうと）が（くろうと）はだしの歌を詠《よ》む。（　　）（　　）
(16) （つや）には、家族や友人が故人の思い出を語り合う。（　　）（　　）
(17) （なだれ）が家々を押《お》し流した。（　　）
(18) （ひより）を見て（ふとん）を干《ほ》す。（　　）（　　）
(19) （みやげ）にもらった（たび）をはく。（　　）（　　）
(20) 花（ふぶき）は（ふぜい）があっていいものだ。（　　）（　　）
(21) 帽子《ぼうし》を（まぶか）にかぶる。（　　）
(22) （はんじょう）している八百屋で買うほうがいい。（　　）
(23) 首相は各地を（ゆうぜい）して、選挙に備えた。（　　）
(24) （るす）に泥棒《どろぼう》が入ったので、（もより）の交番に届《とど》けた。（　　）（　　）

九　同訓異字の語

1　片仮名の部分の漢字を（　）の中から選びなさい。

(1) 運転をアヤマッテ（謝って・誤って）事故を起こした。
(2) チーム全員が心をアワセテ（合わせて・併せて）戦った。
(3) 夏は果物《くだもの》がイタミ（痛み・傷み）やすい。
(4) 金がイル（入る・要る）ので銀行へ下ろしに行った。
(5) 世界新記録をウンダ（生んだ・産んだ）スーパースター。
(6) 流行にオクレナイ（遅れない・後れない）ように気を配る。
(7) 感情をオサエテ（押さえて・抑えて）冷静に話す。
(8) 年度末に税金をオサメル（収める・納める）。
(9) 空気がカワイテ（乾いて・渇いて）いて、火事になりやすい。
(10) 空《あ》き家をサガシテ（探して・捜して）いる。
(11) 南をサシテ（刺して・指して）渡《わた》り鳥《どり》が飛んでいく。
(12) 試合にソナエテ（供えて・備えて）練習する。
(13) 温泉で傷をナオス（治す・直す）。
(14) 正装《せいそう》して卒業式にノゾム（望む・臨む）。
(15) 反対派が暗殺をハカッタ（謀った・図った）。
(16) 障子がヤブレテ（破れて・敗れて）きたない。

(17) 勇気をフルッテ（振るって・奮って）反論する。

(18) 彼女《かのじょ》の美しさを口をキワメテ（極めて・究めて）ほめた。

2　片仮名の部分を漢字に直しなさい。

(1)
父と意見がアわない。（　　）
友達と駅でアう。（　　）
とんだ災難にアう。（　　）

(2)
夜が東の空からアけてきた。（　　）
席がアいたので座った。（　　）
その店は九時にアく。（　　）

(3)
友達にお祝いをアげる。（　　）
国旗をアげる。（　　）
よい例をアげて下さい。（　　）

(4)
春になるとアタタかくなる。（　　）
アタタかいスープを飲む。（　　）

(5)
この部屋《へや》はアツい。（　　）
アツい紅茶を飲む。（　　）
この本はアツい。（　　）

(6)
人の通ったアトがある。（　　）
人のアトを歩く。（　　）

(7)
助詞の使い方をアヤマる。（　　）
悪かったとアヤマる。（　　）
うれしさを顔にアラワす。（　　）

(8)
太陽が雲の間から姿をアラワす。（　　）
本をアラワす。（　　）

(9)
時計の時間をアわせる。（　　）
二つの物を一つにアワせる。（　　）

(10)
頭がイタむ。（　　）
果物《くだもの》がイタむ。（　　）
亡《な》くなった母をイタむ。（　　）

(11)
気にイった物を買う。（　　）
明日は家にイる。（　　）
何もイらない。（　　）

(12)
電報をウつ。（　　）
銃《じゅう》で獣《けもの》をウつ。（　　）
敵《かたき》をウつ。（　　）

(13)
写真をウツす。（　　）
鏡に顔をウツす。（　　）
席をウツす。（　　）

(14)
法律をオカす。（　　）
危険をオカす。（　　）

(15)
荷物を郵便でオクる。（　　）
賞状をオクる。（　　）

(16)
国に税金をオサめる。（　　）
この国は王がオサめる。（　　）
柔道《じゅうどう》をオサめる。（　　）
成功をオサめる。（　　）

(17)
ドアをオす。（　　）
国民はこの人を大統領にオす。（　　）

(18)
ダンスをオドる。（　　）
うれしさで心がオドる。（　　）

(19)
天気がいいのでオモテで遊ぶ。（　　）
水のオモテに木の葉が浮《う》いている。（　　）

(20)
次の駅でオります。（　　）
高いところからオりる。（　　）

(21)
壁《かべ》の色をカえる。（　　）
円をドルにカえる。（　　）
これとあれを入れカえる。（　　）
命にカえられない。（　　）

(22)
壁《かべ》に絵をカける。（　　）
橋をカける。（　　）

(23)
木のカゲで休む。（　　）
人のカゲが地面に映《うつ》る。（　　）

(24)
カタい木。（　　）
頭がカタい。（　　）
表現がカタい。（　　）

(25)
洗濯《せんたく》物がカワく。（　　）
のどがカワく。（　　）

(26)
物音をキく。（　　）
講義をキく。（　　）

(27)
薬がよくキく。（　　）
左手もキく。（　　）

(28)
なくした本をサガす。（　　）
面白い本をサガす。（　　）

(29)
- 傘《かさ》をサす。（　）
- 指でサす。（　）
- 針でサす。（　）

(30)
- 朝早く目がサメた。（　）
- 湯がサメると水になる。（　）

(31)
- 心をシズめるために目を閉《と》じる。（　）
- 薬で痛みをシズめる。（　）
- 海の中に船をシズめる。（　）

(32)
- 帯をシめる。（　）
- 首をシめる。（　）
- 窓をシめる。（　）
- 大きな割合をシめる。（　）
- 空気がシメる。（　）

(33)
- 車を前へススめる。（　）
- 健康のために禁煙をススめる。（　）

(34)
- 川にソって歩く。（　）
- 病人に付きソって病院に行く。（　）

(35)
- 旅行にソナえてかばんを買う。（　）
- 墓《はか》に花をソナえる。（　）

(36)
- 分からない点を先生にタズねる。（　）
- 明日先生の家をタズねる。（　）

(37)
- 敵《てき》とタタカう。（　）
- 貧乏《びんぼう》とタタカう。（　）

(38)
- 洋服を作るために布をタつ。（　）
- 命をタつ。（　）
- 二人の関係をタつ。（　）

(39)
- 目のタマ。（　）
- 電灯のタマ。（　）
- ピストルのタマ。（　）

(40)
- 顔に泥《どろ》がツく。（　）
- 東京にツく。（　）
- 職にツく。（　）

(41)
- 大阪は東京にツぐ大都市だ。（　）
- 父の仕事をツぐ。（　）
- 木に竹をツぐ。（　）

(42)
- 会社にツトめる。（　）
- あの女優は映画の主役をツトめた。（　）
- サービスにツトめる。（　）

(43)
雪をトカすと水になる。（　）
塩を水にトかすと塩水になる。（　）

(44)
机の上をトトノえる。（　）
旅行の費用をトトノえる。（　）

(45)
鳥が空をトぶ。（　）
蛙《かえる》がトびはねる。（　）

(46)
手にトってよく見る。（　）
会議で決《けつ》をトる。（　）
鯨《くじら》をトる。（　）
写真をトる。（　）
筆をトる。（　）

(47)
交通事故でナくなる。（　）
金がナくなる。（　）

(48)
髪《かみ》の毛がナガい。（　）
東京にナガく住んでいる。（　）

(49)
楽器をナラう。（　）
先生にナラって漢字を書く。（　）

(50)
電車にノる。（　）
論文が雑誌にノる。（　）

(51)
日本語の力がノびる。（　）
出発《しゅっぱつ》の日がノびる。（　）

(52)
山にノボる。（　）
坂をノボる。（　）
太陽がノボる。（　）

(53)
時間をハカる。（　）
距離《きょり》をハカる。（　）
目方をハカる。（　）

(54)
悪事をハカる。（　）
解決をハカる。（　）

(55)
仕事をハジめる。（　）
ハジめと終わり。（　）
ハジめて仕事をする。（　）

(56)
ヒが燃《も》える。（　）
町のヒが見える。（　）

(57)
線をヒく。（　）
琴《こと》をヒく。（　）

(58)
細胞《さいぼう》がフえる。（　）
人数《にんずう》がフえる。（　）

(59) 風がフく。( )
火山《かざん》が火をフく。( )

(60) 窓の外をミる。( )
医者が患者《かんじゃ》をミる。( )

(61) 人は法のモトに平等である。( )
火のモトに用心。( )
資料をモトに論文を書く。( )

(62) 紙がヤブれる。( )
勝負にヤブれる。( )

(63) ヤサしい問題。( )
ヤサしい性質。( )

(64) 成績がヨい。( )
性格がヨい。( )

(65) 親とワカれて住む。( )
道が二つにワかれる。( )

(66) 胸をワズラう。( )
心をワズラわす。( )

一〇 同音異義語

1 片仮名の部分の漢字を( )の中から選びなさい。

(1) その決定に私もイゾン(依存・異存)はありません。
(2) 相手のイシ(意志・意思)を尊重する。
(3) 国際関係にカンシン(関心・感心)を持つ。
(4) 父の死で、生活がキュウハク(窮迫・急迫)する。
(5) 警察が真相をキュウメイ(究明・糾明)する。
(6) 将来へのホウフ(豊富・抱負)を語る。

(7) 自分ホンイ（本位・本意）に考えて、わがままだ。
(8) カメラを買えば、一年間のホショウ（保障・保証）がついている。
(9) 大学時代は人間ケイセイ（形勢・形成）の時期だ。
(10) パーティーで、和《なご》やかにコウカン（交換・交歓）する。
(11) 乗《の》り越《こ》しの場合、運賃をセイサン（清算・精算）する。
(12) 息子《むすこ》の非行が、親のタイメン（対面・体面）を傷つける。
(13) ヒッシ（必死・必至）の抵抗で、やっと難を逃《のが》れた。
(14) 議員はフドウ（不動・浮動）票を得ようと必死だ。
(15) 悪い奴《やつ》のカンゲン（換言・甘言）にのるな。
(16) 壊《こわ》れ物をシンチョウ（慎重・深長）に扱《あつか》う。
(17) 彼《かれ》は改革組織のヨウイン（要因・要員）として活躍《かつやく》している。
(18) 新製品の利点をキョウチョウ（協調・強調）する。

2　片仮名の部分を漢字で書きなさい。

(1) 父親のイコウで今の地位を得た。（　　　）
(2) 亡父のイコウで出版する。（　　　）
(3) 怠惰《たいだ》な社員をカイコする。（　　　）
(4) 第二次世界大戦の頃《ころ》をカイコする。（　　　）
(5) 名曲をカンショウする。（　　　）
(6) 他国の内政にカンショウする。（　　　）

(7) カンヨウな事柄《ことがら》から処理していく。（　　）
(8) カンヨウな人は、心が広い。（　　）
(9) 歯並《はなら》びをキョウセイする。（　　）
(10) 労働をキョウセイする。（　　）
(11) 技師が機械をソウサする。（　　）
(12) 警察が事件をソウサする。（　　）
(13) 経済が発展し、国がハンエイする。（　　）
(14) 国力は経済力をハンエイしている。（　　）
(15) 首相は各大学に優秀な人材のヨウセイに努めるようヨウセイした。（　　）（　　）

3　意味を考えて（　）に漢字を書き入れなさい。

(1)
子供をアイショウで呼ぶ。（　　）
私のアイショウ歌は「さくら、さくら」だ。（　　）
あの二人のアイショウが悪い。（　　）

(2)
相性と愛称は同音イギ語である。（　　）
この意見にイギのある者はいない。（　　）
イギのある人生を送ろう。（　　）
イギをただして学長の話を聞く。（　　）

(3)
アッカンに襲《おそ》われる。（　　）
この芝居《しばい》の最後の場面はアッカンだ。（　　）

(4)
さしみイガイなら何でも食べます。（　　）
彼《かれ》はイガイにいい人だ。（　　）

(5)
あなたのイコウをみんなに伝えます。（　　）
四月イコウ東京に移ります。（　　）

(6)
あの人のイシをみんなに伝える。（　　）
イジの強い人は成功する。（　　）
イシのことを医者と言う。（　　）
親のイシに従って同じ職業につく。（　　）

(7)
イジョウな行動が目立つ。（　　）
どこもイジョウはない。（　　）
これイジョウ食べられない。（　　）

(8)
猟銃《りょうじゅう》をイッパツ撃《う》つ。（　　）
間《かん》イッパツで間《ま》に合った。（　　）

(9)
二つの物のイドウを調べる。（　　）
机をイドウする。（　　）
四月には会社の人事イドウがある。（　　）

(10)
明治イシン。（　　）
イシンを失う。（　　）

(11)
イセイよく神輿《みこし》をかつぐ。（　　）
イセイを意識する。（　　）

(12)
東京もイゼンは家が少なかった。（　　）
この町はイゼンとして家が少ない。（　　）

(13)
あなたの考えにイゾンはない。（　　）
彼《かれ》は親にイゾンして生活している。（　　）

(14)
あの女優はエンギがうまい。（　　）
黒猫はエンギが悪い。（　　）

(15)
エンダンに立って講演する。（　　）
良いエンダンがあって見合いした。（　　）

(16)
一日も休まなかったのでカイキン賞をもらった。（　　）
夏はカイキンシャツを着る。（　　）
六月一日はこの川の鮎《あゆ》釣りのカイキン日。（　　）

(17)
明日の天気はカイセイだろう。（　　）
悪法をカイセイする。（　　）

(18)
店をカイソウする。（　　）
過去をカイソウする。（　　）
ノリはカイソウである。（　　）
この電車はカイソウ車だから乗れない。（　　）
あの家族は上のカイソウに属《ぞく》する。（　　）

(19)
規則をカイテイする。（　　）
教科書をカイテイする。（　　）

(20)
質問状へカイトウを書く。（　　）
試験問題のカイトウを書く。（　　）
冷凍《れいとう》食品をカイトウする。（　　）

(21)
人質をカイホウする。（　　）
王宮を人民にカイホウする。（　　）
同窓会のカイホウを出す。（　　）
病人をカイホウする。（　　）
病気がカイホウに向かう。（　　）

(22)
社会をカクシンする。（　　）
必ず成功するとカクシンする。（　　）
事件のカクシンに触《ふ》れる。（　　）

(23)
両手を合わせてガッショウした。（　　）
皆《みな》で声を合わせてガッショウした。（　　）

(24)
学習のカテイを研究する。（　　）
大学のカテイを終える。（　　）
「もし」はカテイを表す。（　　）
平和なカテイ。（　　）

(25)
芸術をカンショウする。（　　）
自然をカンショウする。（　　）
他人のことにカンショウしないほうがいい。（　　）
故郷のことを思い出してカンショウ的になった。（　　）

(26)
漢字にカンシンを持つ。（　　）
立派な人だとカンシンする。（　　）

(27)
カンセイな住宅街に住む。（　　）
喜んでカンセイをあげる。（　　）
作品がカンセイした。（　　）
灯火カンセイで真っ暗だ。（　　）
芸術家はカンセイが鋭い。（　　）

(28)
努力がカンヨウだ。（　　）
カンヨウな心を持とう。（　　）
カンヨウ植物なので花は咲《さ》かない。（　　）

(29)
水がキカして水蒸気になる。（　　）
日本にキカして日本人になる。（　　）
キカは好きだが代数はきらいだ。（　　）

(30)
故郷にキキョウする。（　　）
東京にキキョウする。（　　）

(31)
キコウ文を書く。（　　）
社屋《しゃおく》の新築工事をキコウする。（　　）
新聞に記事をキコウする。（　　）
ここは暖かいキコウだ。（　　）
社会のキコウについて学ぶ。（　　）
航海の途中《とちゅう》で横浜にキコウする。（　　）
この船は出発してから十日後にキコウする。（　　）

(32)
毎朝六時にキショウする。（　　）
キショウがさっぱりしている。（　　）
キショウ価値の高い宝石を買う。（　　）
春のキショウは変わりやすい。（　　）

(33)
沖縄《おきなわ》には軍のキチがある。（　　）
キチのある面白い答えをする。（　　）
それはキチの事柄《ことがら》だ。（　　）

(34)
反対されてもキョウコウする。（　　）
キョウコウな態度を示す。（　　）

(35)
一流大学に入るためのキョウソウは激《はげ》しい。（　　）
どちらが足が速いかキョウソウしよう。（　　）

(36)
「さえ」はキョウチョウを表す。（　　）
平和のために多くの国がキョウチョウする。（　　）

(37)
どのチームもよくケントウした。（　　）
よくケントウして答える。（　　）
ケントウがはずれる。（　　）

(38)
彼《かれ》は彼女《かのじょ》にコウイを持った。（　　）
土地の人のコウイを感謝する。（　　）
あの人のコウイはおかしい。（　　）

(39)
船でコウカイする。（　　）
後《あと》でコウカイした。（　　）
情報をコウカイする。（　　）

(40)
あの人は政府のコウカンだ。（　　）
品物をコウカンする。（　　）
互《たが》いにコウカンを持つ。（　　）

(41)
権力をコウシする。（　　）
大使の下にコウシがいる。（　　）
コウシとして大学で教える。（　　）
コウシの別をはっきりさせる。（　　）

(42)
テストの結果をコウヒョウする。（　　）
この映画はコウヒョウだ。（　　）

(43)
警察にコウリュウされた。（　　）
国と国とのコウリュウを盛《さか》んにする。（　　）

(44)
教科書を最初からサイゴまで読んだ。（　　）
あの人のサイゴは立派だった。（　　）

(45)
シカク教材を使って漢字を教える。（　　）
シカクと円。（　　）
弁護士のシカクを得る。（　　）
シカクに入って見えない。（　　）

(46)
制服をシキュウする。（　　）
シキュウ連絡《れんらく》してほしい。（　　）

(47)
西瓜《すいか》のジキは夏だ。（　　）
日本の四月は入学式のジキだ。（　　）
話すジキを逃《のが》した。（　　）

(48)
ジコウの挨拶《あいさつ》をする。（　　）
あの事件はもうジコウになった。（　　）
注意ジコウをよく読む。（　　）

(49)
見掛けとジッタイは異なる。（　　）
ジッタイを調べる。（　　）

(50)
漢字ジテン。（　　）
百科《ひゃっか》ジテン。（　　）
国語ジテン。（　　）

(51)
大学教育をシュウリョウした。（　　）
仕事をシュウリョウする。（　　）

(52)
この本のシュシは分かりにくい。（　　）
計画のシュシを説明する。（　　）

(53)
友達をショウカイする。（　　）
身元を大使館にショウカイする。（　　）
三井《みつい》ショウカイで働く。（　　）

(54)
戦争のためにショクリョウが不足した。（　　）
ショクリョウ品店で卵を買う。（　　）

(55)
意味シンチョウな言葉を使う。（　　）
大事なことなのでシンチョウに話し合う。（　　）
シンチョウが低い。（　　）
洋服が古くなったのでシンチョウする。（　　）

(56)
大雨で水が家の中にシンニュウした。（　　）
泥棒《どろぼう》が家の中にシンニュウした。（　　）

(57)
船は西にシンロをとった。（　　）
卒業後のシンロを考える。（　　）

(58)
セイジョウな生活に戻《もど》った。（　　）
日本のセイジョウは安定している。（　　）

(59)
全員のソウイで議長を選ぶ。（　　）
これとあれのソウイは少ない。（　　）

(60)
成功するセイサンはない。（　　）
過去をセイサンして真面目《まじめ》に生きる。（　　）
乗《の》り越《こ》し料金をセイサンする。（　　）
日本は米《こめ》のセイサン国である。（　　）

(61)
夏は草花のセイチョウが速い。（　　）
子供のセイチョウは速い。（　　）

(62)
講義をチョウコウする。（　　）
のどが痛いのは風邪《かぜ》のチョウコウである。（　　）

(63)
大学生をタイショウにした調査をする。（　　）
南と北の天候はタイショウ的である。（　　）
フランスの庭園は左右タイショウに作られている。（　　）
昭和の前はタイショウである。（　　）
タイショウは軍人の位である。（　　）
巨人軍は開幕戦にタイショウした。（　　）

(64)
政治のタイセイは変わらない。（　　）
資本主義タイセイの国家。（　　）
タイセイが整《ととの》わない。（　　）

(65)
責任をツイキュウする。（　　）
真理をツイキュウする。（　　）
利益をツイキュウする。（　　）

(66)
てんぷらテイショクを食べる。（　　）
アルバイトばかりでテイショクがない。（　　）

(67)
この仕事にテキカクな人を面接で選ぶ。（　　）
テキカクな答えをする。（　　）
テキカクな方法で処理する。（　　）

(68)
教師としてのテキセイがある。（　　）
テキセイな処置をする。（　　）

(69)
責任を他の人にテンカする。（　　）
湯《ゆ》沸《わかし》器《き》にテンカする。（　　）
将軍がテンカをとる。（　　）
この食品には何もテンカしてない。（　　）

(70)
トウシを燃やして戦う。（　　）
あの政治家は社会運動のトウシだった。（　　）
車に大金をトウシした。（　　）

(71)
学生ドウシで集まった。（　　）
社会運動のドウシが集まった。（　　）
「集まる」はドウシである。（　　）

(72) あの役者《やくしゃ》は歩きかたにトクチョウがある。（　　）
この靴《くつ》のトクチョウは歩きやすいことである。（　　）

(73) 親にハンコウする。（　　）
マフィアのハンコウを調べる。（　　）

(74) 成績が悪いので落第はヒッシである。（　　）
ヒッシになって勉強した。（　　）

(75) 電気製品がフキュウする。（　　）
フキュウで働く。（　　）
フキュウの名作を残す。（　　）

(76) 「?」は疑問のフゴウである。（　　）
理論と実験結果がフゴウする。（　　）
カーネギーは大フゴウである。（　　）

(77) フンゼンとして文句を言う。（　　）
フンゼンと戦う。（　　）

(78) ヘイコウ線は交わらない。（　　）
線路にヘイコウして歩く。（　　）
身体のヘイコウを失って倒《たお》れた。（　　）
金がなくてヘイコウした。（　　）

(79) 手紙のヘンシンを書く。（　　）
虫にヘンシンした。（　　）

(80)
困った時のためにホケンに入る。（　　）
病気にならないようホケン衛生に気を付けよう。（　　）

(81)
一年間ホショウつきの電気器具。（　　）
安全ホショウ条約。（　　）
事故のホショウをする。（　　）

(82)
寒いのでボウカン服を着る。（　　）
近くでボウカンする。（　　）
ボウカンに襲《おそ》われる。（　　）

(83)
ホウキできめられている。（　　）
権利をホウキする。（　　）

(84)
ホドウを歩く。（　　）
家出少年をホドウする。（　　）

(85)
この世はムジョウである。（　　）
ムジョウな人。（　　）

(86)
願書に名前をメイキする。（　　）
感動を心にメイキする。（　　）

(87)
政治家はメイゲンを避《さ》ける。（　　）
「来た。見た。勝った。」はメイゲンである。（　　）

(88)
新聞のユウカンを読む。（　　）
ユウカンな人をほめる。（　　）

二一　相対二字熟語の使い方

相対字の組合せによる二字熟語を例にならって完成しなさい。

1　因果［いんが］
例　輸出と黒字の因果《いんが》関係を明白にする。
たばことガンの（　　　　　）。

2　有無［うむ］
例　アルバイトなら資格の有無《うむ》は問わない。
芸術家は豊かな感性の（　　　　　）。

3　遠近［えんきん］
例　日本画の手法ではあまり遠近《えんきん》を出さない。
虫眼鏡《めがね》で見ると（　　　　　）。

4　往復《おうふく》
例　毎日家と学校の間を往復する。
新幹線ひかり号は、（　　　　　）。

5　往来［おうらい］
例　店の前を往来《おうらい》する人々の数は多い。
この道は車が（　　　　　）。

6　開閉［かいへい］
例　ドアの開閉《かいへい》は静かに。
ビルの出入口は自動的に（　　　　　）。

7　加減［かげん］
例　薬の量を体重によって加減《かげん》する。
好みによって砂糖《さとう》を（　　　　　）。

8　官民［かんみん］
例　官民《かんみん》一体となって国の繁栄《はんえい》を目指す。
公共事業は（　　　　　）。

9　吉凶［きっきょう］

例 神社でおみくじを引いて吉凶《きっきょう》を占《うらな》う。

仏教の暦《こよみ》で（　　　）。

10　起伏［きふく］

例 山あり谷ありの起伏《きふく》に富む庭園を歩く。

人生は常に（　　　）。

11　強弱［きょうじゃく］

例 英語のアクセントは強弱《きょうじゃく》がはっきりしている。

演奏にニュアンスをつけるのに（　　　）。

12　玉石［ぎょくせき］

例 名著もあれば漫画《まんが》もあり、本屋の棚《たな》は玉石混淆《ぎょくせきこんこう》だ。

骨董《こっとう》屋の品物は（　　　）。

13　苦楽［くらく］

例 夫婦《ふうふ》は苦楽《くらく》を共にする。

今の仲間は、無名時代に（　　　）。

14　経緯［けいい］

例 同好会発足《ほっそく》の経緯《けいい》を説明する。

報告書には詳《くわ》しく問題収拾《しゅうしゅう》の（　　　）。

15　軽重［けいちょう］

例 問題の軽重《けいちょう》を考慮《こうりょ》して、重大なものから手をつける。

同じ病気でも、病状には（　　　）。

16　公私［こうし］

例 勤務時間と休み時間と、公私《こうし》の別をきちんとする。

彼女《かのじょ》は、社長業と主婦業と、（　　　）。

17　高低［こうてい］

例 土地の高低《こうてい》で温度が変わってくる。

天気は気圧の（　　　）。

18　紅白［こうはく］

例 お祝いに紅白《こうはく》の餅菓子《もちがし》を頂く。

運動会では二組に分かれ、（　　　）。

19 攻防［こうぼう］
例 予算獲得《かくとく》のため、会議では激《はげ》しい攻防《こうぼう》が予想される。
うまいチームは巧《たく》みな（　　）。

20 古今［ここん］
例 古今《ここん》の書物を図書館に集めてある。
母の子への愛は、（　　）。

21 今昔［こんじゃく］
例 東京の発展振《ぶ》りを見て、今昔《こんじゃく》の感が深い。
三十年振《ぶ》りに故郷を訪《たず》ね、（　　）。

22 細大［さいだい］
例 事件の経過を細大漏《さいだいも》らさず報告する。
メモ帳にはすべての予定を（　　）。

23 左右［さゆう］
例 道を渡《わた》るときは左右《さゆう》をよく見る。
対称《たいしょう》形は、（　　）。

24 賛否［さんぴ］
例 女性の職場進出には、賛否《さんぴ》両論がある。
会費値上げに関し、会員に（　　）。

25 死活［しかつ］
例 食料品の値上げは、庶民《しょみん》の死活《しかつ》問題だ。
河川《かせん》の汚染《おせん》は、（　　）。

26 縦横［じゅうおう］
例 コメディアンが縦横《じゅうおう》な機知で人を笑わせる。
大都市の中を高速道路が（　　）。

27 自他［じた］
例 彼《かれ》は自他《じた》共に認める努力家だ。
失敗が本人の責任であることは、（　　）。

28 終始［しゅうし］
例 会長のあいさつは、自己《じこ》宣伝に終始《しゅうし》した。
彼《かれ》の人生は一貫《いっかん》して（　　）。

29　収支［しゅうし］
例 収入と支出の均衡《きんこう》を保《たも》つため、月末には収支《しゅうし》決算をする。
赤字が続くのは、（　　　　　　）。

30　主客［しゅかく］
例 先生が生徒に注意されるなんて主客転倒《しゅかくてんとう》だ。
食べるために生きるのは、（　　　　　　）。

31　取捨［しゅしゃ］
例 多くの書物の中からどれを読むか取捨《しゅしゃ》する。
テレビはなんでも見るのではなく、（　　　　　　）。

32　授受［じゅじゅ］
例 ワイロの授受《じゅじゅ》が問題になり、贈賄側《ぞうわいがわ》も起訴《きそ》された。
この大ホールでノーベル賞の（　　　　　　）。

33　出没［しゅっぼつ］
例 この辺《あた》りは最近こそどろが出没《しゅつぼつ》する。
日本海にはソ連潜水艦《せんすいかん》が（　　　　　　）。

34　出欠［しゅっけつ］
例 会社員は朝出社の際、出欠簿《しゅっけつぼ》に判を押《お》す。
教室で先生が学生の（　　　　　　）。

35　出入［しゅつにゅう］
例 会計は金銭の出入を細大《さいだい》漏《も》らさず記録する。
国際空港では旅客の（　　　　　　）。

36　勝敗［しょうはい］
例 勝敗《しょうはい》は時の運で、強くても負けることがある。
努力しても、運、不運が（　　　　　　）。

37　勝負［しょうぶ］
例 試験の時はカンニングなどせず、実力で勝負《しょうぶ》すべきだ。
オリンピック選手は（　　　　　　）。

38　賞罰［しょうばつ］
例 賞罰《しょうばつ》の厳《きび》しい社会では、競争意識が強い。
履歴《りれき》書の項目《こうもく》に（　　　　　　）。

39　伸縮［しんしゅく］
40　晴雨［せいう］
41　生死［せいし］
42　清濁［せいだく］
43　是非［ぜひ］
44　善悪［ぜんあく］
45　前後［ぜんご］
46　送迎［そうげい］
47　増減［ぞうげん］
48　贈答［ぞうとう］

例　スポーツウェアは伸縮《しんしゅく》性のある布地を用いる。
カメラの三脚《さんきゃく》は自在に（　　　　）。

例　晴雨兼用《せいうけんよう》のコートはいつでも着られて便利だ。
雨傘《あまがさ》にも日傘《ひがさ》にもなるから（　　　　）。

例　一瞬《いっしゅん》の差が生死《せいし》を分けることがある。
危篤《きとく》に陥《おちい》って、病人は（　　　　）。

例　大海はあらゆる川を清濁併《せいだくあわ》せのむ。
包容力のある人は、様々の人間。（　　　　）。

例　会の趣旨《しゅし》の是非《ぜひ》も考えずに寄付《きふ》はできない。
儀礼《ぎれい》的な贈答《ぞうとう》の（　　　　）。

例　批評《ひひょう》は必ずしも事の善悪《ぜんあく》を論じない。
子供でも五、六歳《さい》になれば（　　　　）。

例　前後もわきまえずに行動するとは軽率《けいそつ》だ。
文の意味が不明な時、（　　　　）。

例　空港は旅客ばかりでなく、送迎《そうげい》の客でいっぱいだ。
スクールバスが（　　　　）。

例　体重の増減《ぞうげん》は健康状態と無関係ではない。
ダムの水量の（　　　　）。

例　上げたりもらったり、年末は贈答《ぞうとう》が盛《さか》んに行われる。
頂けばお返しするので、（　　　　）。

49　損得［そんとく］
50　貸借［たいしゃく］
51　多少［たしょう］
52　昼夜［ちゅうや］
53　長短［ちょうたん］
54　動静［どうせい］
55　内外［ないがい］
56　難易［なんい］
57　売買［ばいばい］
58　発着［はっちゃく］

例　自分の損得《そんとく》のみを考えていては友達はできない。
商売のことなら（　　　　）。

例　友人間の貸借《たいしゃく》関係は無い方がいいので、借りたらすぐ返す。
借用証《しゃくようしょう》を書いて、（　　　　）。

例　金額の多少と関係なく、無駄《むだ》づかいはしない。
寄付《きふ》は（　　　　）。

例　昼夜《ちゅうや》兼行で道路工事が進められる。
時差《じさ》ぼけで、（　　　　）。

例　和服の長短は簡単に調節できる。
流行によってスカートの（　　　　）。

例　天下の動静《どうせい》を知るために新聞は欠かせない。
競争相手に探《さぐ》りを入れて、（　　　　）。

例　彼女《かのじょ》のうわさは会社の内外《ないがい》に知れ渡《わた》っている。
大掃除《そうじ》の日には、家の（　　　　）。

例　漢字学習の難易《なんい》度には個人差がある。
自分のやりたい事なら、（　　　　）。

例　奴隷《どれい》などの人身売買は禁じられている。
不動産屋は、（　　　　）。

例　電車の発着《はっちゃく》時間を調べておく。
空港付近は、（　　　　）。

59 彼我［ひが］

例 東西《とうざい》文化を比較し彼我《ひが》の異同を知る。

男女の賃金を比べると、（　　　　）。

60 貧富［ひんぷ］

例 貧富《ひんぷ》の差が大きい国は、社会問題が生じる。

人間は、（　　　　）。

61 浮沈［ふちん］

例 苦あれば楽あり。人生は浮沈《ふちん》があるものだ。

大会社にも（　　　　）。

62 本末［ほんまつ］

例 学生がアルバイトで勉強できないなら、本末転倒《ほんまつてんとう》だ。

お金のために命を失うなんて、（　　　　）。

63 明暗［めいあん］

例 くじに当たる人、落石に当たる人、世の中の明暗《めいあん》がニュースだ。

入学試験発表の日は、（　　　　）。

64 問答［もんどう］

例 ひとの意見を聞こうとせず、問答《もんどう》無用とは一方的だ。

学習形式の一つに（　　　　）。

65 優劣［ゆうれつ］

例 見本市で出品《しゅっぴん》者が優劣《ゆうれつ》を競う。

人種には（　　　　）。

66 利害［りがい］

例 利害《りがい》が一致《いっち》しないので紛争《ふんそう》が絶えない。

家族は運命共同体だから、（　　　　）。

67 和漢［わかん］

例 日本語の表記は和漢折衷《わかんせっちゅう》だったが、今はローマ字も入っている。

平仮名で書くと読みにくいので（　　　　）。

68 和洋［わよう］

例 和洋折衷《わようせっちゅう》の生活様式が日本人一般に普及《ふきゅう》している。

結婚《けっこん》衣裳《いしょう》は（　　　　）。

一二　三字熟語の使い方

三字の熟語の意味と用法を見て、例と同様の短文を作りなさい。

1　一目散［いちもくさん］　わきめもふらずに駆《か》ける様子《ようす》。

例　ネズミは一目散《いちもくさん》に逃《に》げた。

（　　　　）

2　有頂天［うちょうてん］　得意の絶頂の様子《ようす》。

例　難関を一度でパスして有頂天《うちょうてん》になっている。

（　　　　）

3　間一髪［かんいっぱつ］　非常に切迫《せっぱく》していて危ないこと。

例　間一髪《かんいっぱつ》で弾《たま》は当たらなかった。

（　　　　）

4　殺風景［さっぷうけい］　趣《おもむ》きがない、興《きょう》がさめる様子《ようす》。

例　家具もない殺風景《さっぷうけい》な部屋《へや》だ。

（　　　　）

5　七面倒［しちめんどう］　とても面倒なさま。

例　校正は七面倒《しちめんどう》な仕事だ。

（　　　　）

6　集大成［しゅうたいせい］　まとめあげること、まとめあげたもの。

例 先生の大著《たいちょ》は多年の研究の集大成《しゅうたいせい》だ。
（　　　　　　　　）

7 新機軸［しんきじく］今までになかった新しい工夫《くふう》。
例 宣伝マンは絶えず新機軸《しんきじく》を出そうと苦労する。
（　　　　　　　　）

8 赤裸々［せきらら］隠《かく》さずむきだしなさま。
例 自伝の赤裸々《せきらら》な告白が話題になる。
（　　　　　　　　）

9 善後策［ぜんごさく］後始末《あとしまつ》のよい方策。
例 試験に失敗し、善後策《ぜんごさく》を講じる。
（　　　　　　　　）

10 度外視［どがいし］かまわず無視すること。
例 利益を度外視《どがいし》して安く売る。
（　　　　　　　　）

11 生半可［なまはんか］未熟で不十分なこと。
例 危険な山登りに生半可《なまはんか》な知識は役に立たない。
（　　　　　　　　）

12 破天荒［はてんこう］今までだれもしなかったような驚《おどろ》くようなこと。
例 月旅行など破天荒《はてんこう》な試みが次々と行われる。
（　　　　　　　　）

13　破廉恥［はれんち］　恥じ知らず。
例　子供を人質《ひとじち》に身《み》の代金《しろきん》を要求する破廉恥《はれんち》な行為《こうい》。
（　　）

14　不可欠［ふかけつ］　欠かせない。
例　水は生物にとって不可欠《ふかけつ》なものだ。
（　　）

15　不如意［ふにょい］　思うままにならないこと。家計が苦しいさま。
例　手元《てもと》不如意《ふにょい》で買えない。
（　　）

16　不文律［ふぶんりつ］　文章になっていない規則や習慣。
例　父親優先が我が家の不文律《ふぶんりつ》だ。
（　　）

18　満艦飾［まんかんしょく］　派手《はで》に着飾《かざ》ること。
例　満艦飾《まんかんしょく》でパーティーに出掛けて行った。
（　　）

18　無軌道［むきどう］　でたらめな行動。常識にはずれているさま。
例　娘の無軌道《むきどう》な生活に親は泣いている。
（　　）

19　無尽蔵［むじんぞう］　いくらでもあって、尽《つ》きないこと。
例　石油は地球に無尽蔵《むじんぞう》にあるのではない。
（　　）

20 理不尽［りふじん］ 道理に合わないこと。（ ）

例 社長の理不尽《りふじん》な要求に怒《おこ》って会社を辞《や》めた。

（ ）

一三 四字熟語の読み方・意味・用例

1 四字熟語の読み方・意味・用例。これにならって、短文を作りなさい。

(1) 曖昧模糊［あいまいもこ］ ぼんやりしていること。

例 眠くて記憶《きおく》が曖昧模糊《あいまいもこ》としている。

（ ）

(2) 悪戦苦闘［あくせんくとう］ 困難にあって大変苦労すること。

例 試験が難しくて悪戦苦闘《あくせんくとう》した。

（ ）

(3) 暗中模索［あんちゅうもさく］ どうしたらよいか分からずに苦労すること。

例 暗中模索《あんちゅうもさく》しながら問題を解決した。

（ ）

(4) 一日千秋［いちじつせんしゅう／いちにちせんしゅう］ 時間がとても長く感じられること。

例 故郷からの便りを一日千秋《いちじつせんしゅう》の思いで待つ。

（ ）

(5)（　　）一念発起［いちねんほっき］あることを必ずやりとげようと固く決心すること。（　　）

例 一念発起《いちねんほっき》して、日本語の勉強を始めた。

(6)（　　）一部始終［いちぶしじゅう］全部、始めから終わりまで。（　　）

例 事件の一部始終《いちぶしじゅう》を見ていた。

(7)（　　）一網打尽［いちもうだじん］一度に一つのこらず捕まえること。（　　）

例 警察は麻薬《まやく》の密輪グループを一網打尽《いちもうだじん》にした。

(8)（　　）一利一害［いちりいちがい］いい点もあるが悪い点もあること。（　　）

例 都心に住むと便利だが空気が汚《よご》れていて健康によくないので、一利一害《いちりいちがい》だ。

(9)（　　）一喜一憂［いっきいちゆう］状態が変わるたびに喜んだり心配したりすること。（　　）

例 テニスの試合に一喜一憂《いっきいちゆう》する。

(10)（　　）一挙一動［いっきょいちどう］ひとつひとつの身体の動き。（　　）

例 母親は子供の一挙一動《いっきょいちどう》に注意している。

(11)（　　）一挙両得［いっきょりょうとく］一つのことをして同時に二つの得をすること。（　　）

例 このアルバイトは自分のためになるし、お金もたくさんもらえるので、一挙両得《いっきょりょうとく》だ。

⑿ 一刻千金［いっこくせんきん］短い時間でもとても大切なこと。

（　　　　）

例 一刻千金《いっこくせんきん》の春の夜。

⒀ 一切合財［いっさいがっさい］全部。何から何まで。

（　　　　）

例 泥棒《どろぼう》に一切合財《いっさいがっさい》とられてしまった。

⒁ 一触即発［いっしょくそくはつ］すぐに爆発《ばくはつ》しそうな危険な状態。

（　　　　）

例 あの夫婦の関係は一触即発《いっしょくそくはつ》の状態である。

⒂ 一進一退［いっしんいったい］ものごとがなかなか進まないこと。物事・状況がよくなったり、悪くなったりすること。

（　　　　）

例 裁判は一進一退《いっしんいったい》の状態だ。病人の状態は一進一退《いっしんいったい》だ。

⒃ 一心不乱［いっしんふらん］一生懸命《けんめい》に何かをする様子《ようす》。

（　　　　）

例 一心不乱《いっしんふらん》に勉強する。

⒄ 一朝一夕［いっちょういっせき］とても短い間。

（　　　　）

例 こんな立派な物は一朝一夕《いっちょういっせき》ではできない。

(18) 一長一短［いっちょういったん］ よい点も悪い点もある。（　　）
例 人の性質はみな一長一短《いっちょういったん》である。

(19) 一目瞭然［いちもくりょうぜん］ ちょっと見ただけですぐ分かること。（　　）
例 酔《よ》っているのは一目瞭然《いちもくりょうぜん》だった。

(20) 威風堂々［いふうどうどう］ 立派で威厳《いげん》のある様子。（　　）
例 威風堂々《いふうどうどう》と行進する。

(21) 雨天順延［うてんじゅんえん］ 予定日に雨が降ったら日程を一日ずつ順に延ばすこと。（　　）
例 ピクニックは雨天順延《うてんじゅうえん》だ。

(22) 紆余曲折［うよきょくせつ］ 複雑な理由で行きなやむこと。（　　）
例 二人は紆余曲折《うよきょくせつ》の末ようやく結婚《けっこん》できた。

(23) 温厚篤実［おんこうとくじつ］ 穏《おだ》やかでやさしく、真面目《まじめ》で人情のあるさま。（　　）
例 温厚篤実《おんこうとくじつ》な性格で皆《みな》に尊敬されている。

(24) 感慨無量［かんがいむりょう］ 何も言えないほど、深く心に感じること。（　　）

例 病気ばかりしていた子供がオリンピック選手に選ばれるとは、感慨無量《かんがいむりょう》だ。（　　）

(25) 危機一髪［ききいっぱつ］髪《かみ》の毛一本ぐらいの少しの差で危ない状態になる。瀬戸際《せとぎわ》。

例 危機一髪《ききいっぱつ》のところで助けられた。（　　）

(26) 気息奄奄［きそくえんえん］息ができなくて今にも死にそうな様子《ようす》。

例 忙《いそが》しくて気息奄奄《きそくえんえん》だ。（　　）

(27) 喜怒哀楽［きどあいらく］喜び、怒《いか》り、悲しみ、楽しさ。感情。

例 喜怒哀楽《きどあいらく》を顔に出す。（　　）

(28) 虚々実々［きょきょじつじつ］互《たが》いにあるかぎりの力と方法を使って戦う様子。

例 虚々実々《きょきょじつじつ》の取り引き。（　　）

(29) 虚心坦懐［きょしんたんかい］先入観を持たない素直な態度。

例 虚心坦懐《きょしんたんかい》に他人の意見を聞く。（　　）

(30) 欣喜雀躍［きんきじゃくやく］大喜びをすること。こおどりすること。

例 試合に勝って欣喜雀躍《きんきじゃくやく》する。（　　）

(31) 堅忍不抜［けんにんふばつ］　辛《つら》いことでも我慢《がまん》して信念を変えないこと。
例 堅忍不抜《けんにんふばつ》の精神でがんばる。
（　　）

(32) 古今東西［ここんとうざい］　昔から現在に至るまで、どこでも。
例 古今東西《ここんとうざい》を通じてこんな不思議な話はきいたことがない。
（　　）

(33) 五十歩百歩［ごじっぽひゃっぽ］　本質的にあまり違《ちが》わないこと。
例 賄賂《わいろ》を渡《わた》すのも受け取るのもどちらも五十百歩《ごじっぽひゃっぽ》だ。
（　　）

(34) 古色蒼然［こしょくそうぜん］　とても古く見えること。古くさいさま。
例 古色蒼然《こしょくそうぜん》とした建物。
（　　）

(35) 孤立無援［こりつむえん］　だれも助けてくれないこと。
例 孤立無援《こりつむえん》で戦う。
（　　）

(36) 山紫水明［さんしすいめい］　景色《けしき》が美しいこと。
例 京都は山紫水明《さんしすいめい》の地だ。
（　　）

(37) 四角四面［しかくしめん］　大変まじめで形式ばること。
例 四角四面《しかくしめん》の挨拶《あいさつ》はやめましょう。
（　　）

(38) 四苦八苦［しくはっく］ たいへん苦しむこと。
（**例** 借金に四苦八苦《しくはっく》する。）

(39) 四捨五入［ししゃごにゅう］ 求める位のすぐ下位の数を四以下は切り捨て、五以上は切り上げること。
（**例** 二二・六は四捨五入《ししゃごにゅう》すると二三になる。）

(40) 四方八方［しほうはっぽう］ あらゆる方面。
（**例** 敵が四方八方《しほうはっぽう》から攻《せ》めてきた。）

(41) 時代錯誤［じだいさくご］ 時代おくれの考え方や物事を現代に持《も》ち込《こ》むこと。
（**例** 女性に教育はいらないというのは時代錯誤《じだいさくご》の考え方である。）

(42) 終始一貫［しゅうしいっかん］ 始めから終わりまで態度や意見を変えないこと。
（**例** 方針が終始一貫《しゅうしいっかん》していないので困る。）

(43) 自学自習［じがくじしゅう］ だれにも教えてもらわないで、自分で学ぶこと。
（**例** 自学自習《じがくじしゅう》でピアノがひけるようになった。）

(44) 自画自賛［じがじさん］　自分のしたことを自分でほめること。
例 自分の作品を自画自賛《じがじさん》する。
（　　　　　　　　　　　　　　　　　　　　　　　　　　）

(45) 自業自得［じごうじとく］　自分のした悪い行いの結果を自分で受けること。
例 食べすぎておなかをこわすのは自業自得《じごうじとく》だ。
（　　　　　　　　　　　　　　　　　　　　　　　　　　）

(46) 自暴自棄［じぼうじき］　絶望して自分を大事にしないこと。やけ。
例 失敗しても自暴自棄《じぼうじき》になってはいけない。
（　　　　　　　　　　　　　　　　　　　　　　　　　　）

(47) 弱肉強食［じゃくにくきょうしょく］　強者が弱い者をおさえてしまうこと。
例 動物の世界は弱肉強食《じゃくにくきょうしょく》である。
（　　　　　　　　　　　　　　　　　　　　　　　　　　）

(48) 主客転倒［しゅかくてんとう／しゅきゃくてんとう］　大切なこととあまり大切でないことを反対に扱《あつか》うこと。
例 勉強よりアルバイトの方を一生懸命するのは主客転倒《しゅかくてんとう》だ。
（　　　　　　　　　　　　　　　　　　　　　　　　　　）

(49) 十中八九［じっちゅうはっく／じゅうちゅうはっく］　ほとんど全部。ほとんど確かなこと。
例 十中八九《じっちゅうはっく》成功するだろう。
（　　　　　　　　　　　　　　　　　　　　　　　　　　）

(50) 十人十色［じゅうにんといろ］　顔つき、性格、考えが人によってそれぞれ違《ちが》うこと。
（　　　　　　　　　　　　　　　　　　　　　　　　　　）

例 同じ絵を見ても感じることは十人十色《じゅうにんといろ》だ。

(51) 小心翼翼〔しょうしんよくよく〕 気が小さくて、こわがっている様子《ようす》。（　　）
例 小心翼翼《しょうしんよくよく》とした人物は軽蔑《けいべつ》される。

(52) 初志貫徹〔しょしかんてつ〕 初めの決心や希望を努力して実現させること。（　　）
例 子供のときから空を飛びたいと思っていたので、初志貫徹《しょしかんてつ》してパイロットになった。

(53) 思慮分別〔しりょふんべつ〕 いろいろと慎重《しんちょう》に考えること。（　　）
例 思慮分別《しりょふんべつ》がなくて子供のようだ。

(54) 伸縮自在〔しんしゅくじざい〕 自由に伸《の》ばしたり縮《ちぢ》めたりできるさま。（　　）
例 この棒《ぼう》は伸縮自在《しんしゅくじざい》だ。

(55) 神出鬼没〔しんしゅつきぼつ〕 普通《ふつう》の人とは思えないほど、突然《とつぜん》現われたり消えたりすること。（　　）
例 神出鬼没《しんしゅつきぼつ》の泥棒《どろぼう》。

(56) 人跡未踏〔じんせきみとう〕 人がまだ一度も入ったことのないこと。（　　）
例 人跡未踏《じんせきみとう》のジャングルを探検《たんけん》した。

(57) 新陳代謝［しんちんたいしゃ］新しいものが古いものと順に代わること。必要な物質を取り入れ不必要な物質を出す。

（　　　　　）

例 生物は常に新陳代謝《しんちんたいしゃ》を行っている。

(58) 千客万来［せんきゃくばんらい］たくさんの客がくること。

（　　　　　）

例 千客万来《せんきゃくばんらい》でとても忙《いそが》しい。

(59) 千載一遇［せんざいいちぐう］二度とないほどよい機会。

（　　　　　）

例 千載一遇《せんさいいちぐう》のチャンスを摑《つか》んだ。

(60) 千差万別［せんさばんべつ］い多くのものがそれぞれに違《ちが》っていること。

（　　　　　）

例 人の性格は千差万別《せんさばんべつ》だ。

(61) 千変万化［せんぺんばんか］状況《じょうきょう》に応じていろいろに変わること。

（　　　　　）

例 夕焼けで空の色が千変万化《せんぺんばんか》する。

(62) 戦戦恐恐［せんせんきょうきょう］ひどく恐《おそ》れる様子《ようす》。

（　　　　　）

例 空襲《くうしゅう》に戦戦恐恐《せんせんきょうきょう》とする。

(63) 前途有望［ぜんとゆうぼう］　将来成功しそうなこと。
例 前途《ぜんと》有望《ゆうぼう》な若者。
（　　）

(64) 前途遼遠［ぜんとりょうえん］　計画や希望が実現するのは程遠いこと。
例 社長になるのは前途《ぜんと》遼遠《りょうえん》だ。
（　　）

(65) 大言壮語［たいげんそうご］　おおげさに言うこと。
例 何もできないのに大言壮語《たいげんそうご》する。
（　　）

(66) 泰然自若［たいぜんじじゃく］　驚《おどろ》かないで落ち着いている様子《ようす》。
例 大地震《じしん》のときも泰然自若《たいぜんじじゃく》としていた。
（　　）

(67) 多士済済［たしせいせい／たしさいさい］　優秀な人がたくさん集まっていること。
例 この大学の卒業生は多士済済《たしせいせい》だ。
（　　）

(68) 男尊女卑［だんそんじょひ］　男性を大事にして女性を低く扱《あつか》うこと。
例 日本では今でも男尊女卑《だんそんじょひ》の考え方が強い。
（　　）

(69) 手練手管［てれんてくだ］　人をだますための巧《たく》みな方法。
例 手練手管《てれんてくだ》を使って誘惑《ゆうわく》する。
（　　）

(70) 天衣無縫［てんいむほう］　自然で、しかも完全で美しいこと。無邪気《むじゃき》なさま。（天人の着物には縫《ぬ》ったあとがなく、自然である。）

例 天衣無縫《てんいむほう》の作品。

（　　　　　　　　）

(71) 天涯孤独［てんがいこどく］　この世に血のつながった人がだれもいない。たった一人。

例 天涯孤独《てんがいこどく》の身の上。

（　　　　　　　　）

(72) 天地神明［てんちしんめい］　天と地の神々。

例 これは天地神明《てんちしんめい》に誓《ちか》って本当のことだ。

（　　　　　　　　）

(73) 天地無用［てんちむよう］　荷物の上（天）と下（地）を反対にしてはいけないという注意。

例 箱《はこ》に天地無用《てんちむよう》と書いてあるから上下さかさまにしないで下さい。

（　　　　　　　　）

(74) 天変地異［てんぺんちい］　地震《じしん》や火山《かざん》の噴火《ふんか》など、自然界に起こる変わったこと。

例 天変地異《てんぺんちい》が起こった。

（　　　　　　　　）

(75) 当意即妙［とういそくみょう］　その時に適した反応をすること。

例 当意即妙《とういそくみょう》に答える。

（　　　　　　　　）

(76) 東奔西走［とうほんせいそう］ あちこちかけまわること。

例 東奔西走《とうほんせいそう》してお金を集めた。

（　　　　）

(77) 内憂外患［ないゆうがいかん］ 国や家の中にも外にも心配や困難があること。

例 試験には失敗するし、母は病気だし、内憂外患《ないゆうがいかん》だ。

（　　　　）

(78) 二者択一［にしゃたくいつ］ 二つの中から一つを選ぶこと。

例 西へ行くか東へ行くか二者択一《にしゃたくいつ》をしなければならない。

（　　　　）

(79) 二束三文［にそくさんもん］ 値段がとても安いこと。

例 車を二束三文《にそくさんもん》で売った。

（　　　　）

(80) 美辞麗句［びじれいく］ 美しい言葉と巧《たく》みな表現を使った立派らしく聞こえる話。

例 美辞麗句《びじれいく》にだまされる。

（　　　　）

(81) 不倶戴天［ふぐたいてん］ 一緒《いっしょ》に存在することはできないほど憎しみや恨みが深いこと。

例 不倶戴天《ふぐたいてん》の敵。

（　　　　）

(82) 付和雷同［ふわらいどう］ 自分のしっかりした考えがなく、他人の意見や行動に従うこと。

例 上の人の意見にみなが付和雷同《ふわらいどう》した。

（　　　　）

(83)　粉骨砕身［ふんこつさいしん］　一生懸命《けんめい》努力すること。
　　　（　　　　　　　　　　　　）
　例　粉骨砕身《ふんこつさいしん》して家族のために働いた。

(84)　傍若無人［ぼうじゃくぶじん］　まわりの人のことを考えないで、わがままな行動をすること。
　　　（　　　　　　　　　　　　）
　例　傍若無人《ぼうじゃくぶじん》に大声でしゃべる。

(85)　抱腹絶倒［ほうふくぜっとう］　大笑いして転《ころ》げ回ること。
　　　（　　　　　　　　　　　　）
　例　ピエロの演技に観客は抱腹絶倒《ほうふくぜっとう》した。

(86)　無我夢中［むがむちゅう］　一つのことを一生懸命《けんめい》考えて自分のことを忘れてしまうこと。
　　　（　　　　　　　　　　　　）
　例　ホテルが火事になり無我夢中《むがむちゅう》で逃《に》げた。

(87)　無理難題［むりなんだい］　できそうもない要求、言いがかり。
　　　（　　　　　　　　　　　　）
　例　無理難題《むりなんだい》をふっかける。

(88)　優柔不断［ゆうじゅうふだん］　なかなか決められないこと。
　　　（　　　　　　　　　　　　）
　例　優柔不断《ゆうじゅうふだん》な態度を改めないと社長の仕事はできない。

(89) 竜頭蛇尾［りゅうとうだび］ 初めはいいが終わりになると勢いがなくなること。

例 ボランティア活動は、竜頭蛇尾《りゅうとうだび》に終わった。

（　　　　　　　　　　）

(90) 粒粒辛苦［りゅうりゅうしんく］ たいへんな努力を重ねること。

例 粒粒辛苦《りゅうりゅうしんく》の末、新しい機械を発明した。

（　　　　　　　　　　）

2 次の片仮名を漢字に直し、意味を書きなさい。( )内は前問1の番号。

(1) キドアイラク(27)（　　　　　　　　　　）

(2) シンチンタイシャ(57)（　　　　　　　　　　）

(3) キキイッパツ(25)（　　　　　　　　　　）

(4) タイゼンジジャク(66)（　　　　　　　　　　）

(5) リュウリュウシンク(90)（　　　　　　　　　　）

(6) イチモウダジン(7)（　　　　　　　　　　）

(7) ユウジュウフダン(88)（　　　　　　　　　　）

(8) テンペンチイ(74)（　　　　　　　　　　）

(9) センキャクバンライ(58)（　　　　　　　　　　）

(10) アンチュウモサク(3)（　　　　　　　　　　）

(11) ジッチュウハック(49)（　　　　　　　　　　）

(12) フワライドウ(82)（　　　　　　　　　　）

(13)　イフウドウドウ(20)（　　）
(14)　ダンソンジョヒ(68)（　　）
(15)　センザイイチグウ(59)（　　）
(16)　ムガムチュウ(86)（　　）
(17)　アクセンクトウ(2)（　　）
(18)　フンコツサイシン(83)（　　）
(19)　カンガイムリョウ(24)（　　）
(20)　ニソクサンモン(79)（　　）
(21)　ホウフクゼットウ(85)（　　）
(22)　ジュウニントイロ(50)（　　）

一四　辞典の使い方練習

1　次のようなことを調べたいときには、どんな辞典を使えばよいでしょう。

(1)　「おわって」の送り仮名。（　　）
(2)　「極」の部首《ぶしゅ》。（　　）
(3)　「棒」の字源。（　　）
(4)　「潔癖」の読み方と意味。（　　）
(5)　「すずらん」の漢字と意味。（　　）

(6)「生類《しょうるい》憐《あわれ》みの令《れい》」の意味。（　　）

(7)「フラフラ」の使い方。（　　）

(8)「アカトンボ」のアクセント。（　　）

(9)「もよう」の漢字、意味、使い方。（　　）

(10)「花より団子《だんご》。（　　）

(11)「あらわす」の送り仮名。（　　）

(12)「(席が)アく」の漢字。（　　）

(13)「亀《かめ》」の画数《かくすう》。（　　）

(14)「決闘」の読み方、意味。（　　）

(15)「峠」の字源、意味。（　　）

(16)「うまのみみにねんぶつ」の漢字、意味。（　　）

(17)「きく」の ki を発音するかどうか。（　　）

(18)「優」の音《おん》読みと訓読み。（　　）

(19)「難」の部首。（　　）

(20)「ゆずる」の意味と使い方。（　　）

2　次の字はどの部首《ぶしゅ》に属するか調べなさい。

(1) 上（　　）　(2) 下（　　）　(3) 千（　　）　(4) 久（　　）　(5) 丸（　　）

(6) 化（　　）　(7) 市（　　）　(8) 字（　　）　(9) 初（　　）　(10) 否（　　）

(11) 然（　　）　(12) 承（　　）　(13) 果（　　）　(14) 直（　　）　(15) 前（　　）

(16) 背（　　）　(17) 案（　　）　(18) 驚（　　）　(19) 鼻（　　）　(20) 将（　　）
(21) 稲（　　）　(22) 歌（　　）　(23) 飛（　　）　(24) 亡（　　）　(25) 者（　　）
(26) 取（　　）　(27) 東（　　）　(28) 五（　　）　(29) 興（　　）　(30) 酒（　　）

3　次の字の画数《かくすう》を数えなさい。

(1) 九（　　）　(2) 乃（　　）　(3) 与（　　）　(4) 予（　　）　(5) 互（　　）
(6) 弗（　　）　(7) 他（　　）　(8) 臣（　　）　(9) 包（　　）　(10) 凸（　　）
(11) 悪（　　）　(12) 亀（　　）　(13) 飛（　　）　(14) 玄（　　）　(15) 湖（　　）
(16) 譲（　　）　(17) 驚（　　）　(18) 楽（　　）　(19) 鳥（　　）　(20) 吸（　　）
(21) 瓜（　　）　(22) 医（　　）　(23) 及（　　）　(24) 向（　　）　(25) 亜（　　）
(26) 波（　　）　(27) 逃（　　）　(28) 奮（　　）　(29) 護（　　）　(30) 建（　　）

4　次の字を、音訓索引《さくいん》、部首索引《さくいん》、総画索引《さくいん》を使って探しなさい。

(1) 凹　(2) 鷹　(3) 竜　(4) 喜　(5) 窮　(6) 鹿　(7) 峠
(8) 難　(9) 頼　(10) 魅　(11) 育　(12) 機　(13) 幽　(14) 迭
(15) 衿　(16) 辱　(17) 殴　(18) 稼　(19) 弊　(20) 遣

5　次の字の字源を調べなさい。

(1) 婦（　　）　(3) 突（　　）
(2) 威（　　）　(4) 果（　　）

(5) 見（　　）
(6) 西（　　）
(7) 文（　　）
(8) 字（　　）
(9) 今（　　）
(10) 困（　　）
(11) 連（　　）
(12) 明（　　）

(13) 清（　　）
(14) 劣（　　）
(15) 意（　　）
(16) 行（　　）
(17) 炎（　　）
(18) 甘（　　）
(19) 生（　　）
(20) 貨（　　）

6 次の語の意味を調べなさい。

(1) 私小説（　　）
(2) 宿り木（　　）
(3) 寝心地（　　）
(4) 皮算用（　　）
(5) 竜宮城（　　）
(6) 千六本（　　）
(7) 占星術（　　）
(8) 立ち会い演説（　　）
(9) 盛り場（　　）
(10) 公約数（　　）

(11) まけずおとらず（　　）
(12) たちいたる（　　）
(13) ねほりはほり（　　）
(14) こともなげに（　　）
(15) てあたりしだい（　　）
(16) はためいわく（　　）
(17) わしづかみ（　　）
(18) ことほどさように（　　）
(19) かみころす（　　）
(20) ななころびやおき（　　）

付表

一　同音異字（異義）

第二章〔二〕㈢を参照の上、以下の表を活用することが望ましい。

アンショウ　【暗唱】好きな詩を暗唱して聞かせる。
【暗証】カードの暗証番号は秘密だ。
【暗礁】船が暗礁に乗り上げた。
交渉《こうしょう》は暗礁に乗り上げた。

アンゼン　【安全】交通安全。
安全地帯。安全な場所へ避難《ひなん》する。
【暗然】友の事故死を知り、暗然とする。

イガイ　【以外】会員以外の入場はお断《ことわ》りします。
【意外】隣《となり》の人が犯人だったとは、意外だ。

イギ　【異議】彼《かれ》の提案に、だれも異議を唱《とな》える者はいなかった。
【意義】生きていることの意義を考える。

イコウ　【以降】一九四五年以降の日本社会は、それ以前とかなり違《ちが》う。
【意向】相手の意向を確かめてから、結《けっ》婚《こん》を発表する。
【移行】新制度発足《ほっそく》に当たり、従来のものには移行措置《そち》がとられる。

イジョウ　【以上】八十点以上を及第《きゅうだい》にする。
【異常】異常な行動は、気が狂《くる》ったとしか思えない。
【異状】健康診断《しんだん》の結果、異状はなかった。

エイセイ　【衛生】衛生に注意し、健康を守る。
【衛星】人工衛星を使って気象を観測する。
【永世】スイスは永世中立を守る。

オウシュウ　【押収】税関で密輸品が押収される。
【欧州】欧州経済共同体をECという。
【応酬】会議では各人が主張を曲げず、激《はげ》しく応酬した。

カイセイ　【改正】古い法律は改正すべきだ。
【快晴】ドライブは快晴に恵《めぐ》まれた。
【改姓】結婚《けっこん》して、夫の姓《せい》に改姓した。

カイセツ　【解説】テレビのニュース解説で世界情勢を理解する。
【開設】大阪に支社を開設する。

カイホウ　【解放】試験が終わり、解放された気分だ。
奴隷《どれい》解放。
【会報】同窓会の会報を読む。

【介抱】病人を介抱する。
【快報】エベレスト登頂の快報に、国中が喜んだ。
【快方】病気が快方に向かい、ほっとしている。
【開放】門戸《もんこ》を開放する。
大学図書館を一般《いっぱん》に開放する。
カガク【科学】科学の進歩が生活を便利にした。
【化学】鉄サビは化学変化の結果である。
カクシン【核心】問題の核心に触《ふ》れる重要な発言だ。
【確信】君の成功を確信している。
【革新】革新政党と保守政党は絶えず対立する。
カケイ【家計】物価高が家計に響《ひび》く。
【家系】昔の公卿《くげ》も今はサラリーマンだ。
カンキ【喚起】警官が運転者に注意を喚起《かんき》する。
【歓喜】無事生還《せいかん》した息子《むすこ》を見て、母親は歓喜の余り泣き出した。
【換気】窓を開けて、換気に気をつける。
【寒気】シベリアからの寒気に覆《おお》われて日本中が寒い。
カンシン【関心】社会問題に関心をもつ。
政治に関心がない。
【感心】親思いの感心な子だ。
外国人の正確な日本語に感心する。
【寒心】近代化のための自然破壊《はかい》を見ると寒心に堪《た》えない。
【歓心】お世辞《せじ》を言って、上司の歓心を買う。
カンセイ【完成】新しいビルが完成した。
【感性】豊かな感性の芸術家。
【歓声】海を見て、子供達は歓声を上げた。
【官製】官製はがきで、懸賞《けんしょう》に応募《おうぼ》する。
【閑静】閑静な住宅地に住みたい。
【慣性】慣性の法則で物体は運動を続ける。
【管制】管制官の指示で航空機が着陸する。
カンセン【感染】医者に患者《かんじゃ》の病原菌《きん》が感染する。
【観戦】野球の観戦に野次《やじ》はつきものだ。
【幹線】幹線道路はよく整備されている。
カンダン【寒暖】砂漠《さばく》では昼夜《ちゅうや》の寒暖の差がはげしい。
【歓談】久しぶりに友達と会って歓談した。
【間断】間断なく降る雨にうんざりする。
カンレイ【慣例】慣例どおり、今年も忘年会を行う。
【寒冷】寒冷前線の影響で寒さが当分続く。
キカイ【機械】機械の故障で電車が止まった。

キショウ【機会】機会を逃《のが》さず、製品の宣伝をする。
【奇怪】奇怪なうわさが世間を騒《さわ》がせる。
【器械】器械体操《たいそう》が得意な日本の選手。
【気象】気象を観測する。
【起床】毎朝七時に起床する。
【気性】激《はげ》しい気性ですぐけんかする。
気性の優しい女性。
【記章】胸につける記章をバッジと言う。
【希少】明治時代の切手に希少価値がある。
キテン【機転】警官の機転で泥棒《どろぼう》がつかまった。
【起点】日本橋《にほんばし》を起点として距離《きょり》を示す。
キュウヨウ【急用】急用ができて、約束《やくそく》を断《ことわ》る。
【休養】家でゆっくり休養したい。
キョウソウ【競争】有名校の入学試験は、毎年、激《はげ》しい競争になる。
【狂騒】地価高騰《ちかこうとう》の狂騒に巻《ま》き込《こ》まれる。
【競走】百メートル競走で一等になった。
キョウチョウ【強調】語学教育の重要性を強調する。
【協調】協調して住み良い社会にする。
キョウド【強度】強度の地震《じしん》で家が傾《かたむ》く。
【郷土】郷土料理を食べさせる店がはやる。
キョウリョク【強力】強力な接着剤《せっちゃくざい》でくっつける。
【協力】慈善《じぜん》事業に協力する人は金持ちとは限らない。
キリツ【規律】生活の規律を守る。
【起立】起立して来賓《らいひん》を迎《むか》える。
キンゾク【金属】金属を身につけていて落雷《らくらい》した。
【勤続】勤続三十年で会社から記念品をもらった。
ケイキ【景気】近頃《ちかごろ》景気がいいらしい。
【契機】結婚《けっこん》を契機にたばこをやめた。
【計器】計器の故障で新幹線がとまった。
【刑期】受刑者は刑期を終えて出所した。
ゲンシ【原始】電気の無い生活は原始的だ。
【原子】原子力発電所の事故は恐怖《きょうふ》だ。
ケントウ【見当】自分が何歳《なんさい》まで生きられるか、見当もつかない。
【検討】どの大学に入るか、十分検討する。
【健闘】オリンピック代表団の健闘を祈る。
コウイ【好意】まじめな人柄《ひとがら》に好意を持つ。
【厚意】厚意に感謝する。
【更衣】更衣室で水着《みずぎ》に着替《きか》える。
【行為】カンニングなんて学生にあるまじき行為だ。
【校医】校医が定期検診《けんしん》する。

コウエン 【公園】春の公園はサクラで美しい。
【後援】文化庁の後援で展覧会を開催《かいさい》する。
【公演】ビートルズの公演に熱狂《ねっきょう》的ファンが集まった。
【講演】ノーベル賞作家の講演を聞く。
【高遠】高遠な理想を掲《かか》げて教育学会は発足《ほっそく》した。

コウシン 【更新】免許《めんきょ》を三年ごとに更新する。
【交信】パイロットは管制塔《かんせいとう》と交信した。
【行進】楽隊の行進を沿道《えんどう》の人々が見守る。
【後進】後進に道を譲《ゆず》るべく、社長は勇退した。

コウドウ 【行動】兵隊は命令に従って行動する。
【講堂】講堂で入学式を行う。
【公道】天下の公道で酔《よ》って踊《おど》るなんて。

コウヒョウ 【好評】先生の講義は、学生の間で好評だ。
【公表】国家の機密は公表されない。

サイカイ 【再会】旧友《きゅうゆう》と十年ぶりに再会した。
【再開】会議は二時間後に再開された。
【最下位】コンクールでは、健闘《けんとう》したが最下位だった。

サイゴ 【最後】学期の最後に試験がある。
【最期】将軍は華々《はなばな》しい最期を遂《と》げた。

サイシン 【細心】細心の注意を払って近世の名画を修復する。
【最新】最新の型といっても奇抜《きばつ》な帽子《ぼうし》だ。

サンカン 【参観】父母が子供の授業を参観する。
【山間】山間部に大雨が降った。

サンラン 【散乱】公園に紙くずが散乱している。
【産卵】サケは産卵のために川を遡《さかのぼ》る。

シカク 【資格】先生の資格をとるために勉強する。
【視覚】歳《とし》をとって、視覚が衰《おとろ》えた。
【死角】トラックの死角が事故の原因だ。
【四角】四角の部屋《へや》を円《まる》く掃《は》く。

ジコ 【事故】道路の整備は事故防止に役立つ。
【自己】自己に忠実に生きる。
他を批判《ひはん》し自己を反省しない。

シショウ 【支障】支障がなければ、彼《かれ》は必ず引き受けますよ。
【師匠】日本の伝統芸能の先生は、師匠と呼ばれる。
【死傷】事故の死傷者は確認されていない。

ジシン 【地震】日本は火山列島で、地震が多い。
【自信】テニスなら腕《うで》に自信がある。
【自身】結婚《けっこん》する、しないは、自分自身で決めるべきです。

ジセイ　【時世】時世に遅《おく》れないように勉強する。
【時勢】時勢を知るために新聞を読む。
【自制】酒が好きだが、健康のために自制する。自制心。
【辞世】辞世の歌を詠《よ》み、切腹した。
ジタイ　【字体】漢字の字体をきちんと覚える。
【自体】勉強は、それ自体が楽しいものだ。
【辞退】病気のため、招待を辞退した。
【事態】地震《じしん》などの緊急《きんきゅう》事態が発生した場合、車を止める。
ショウガイ　【障害】身体の障害を乗《の》り越《こ》えて、公務員試験に合格した。
【生涯】ゼノ修道士は生涯を貧しい人々のために捧《ささ》げた。
【傷害】人を殴《なぐ》って、傷害の罪に問われた。
ショウカイ　【紹介】先輩《せんぱい》がいい仕事を紹介してくれた。
【照会】本店では品切れだったので、支店の在庫を照会してくれた。
ショウソウ　【焦燥】目標が達成できず焦燥に駆《か》られる。
【尚早】今将来を決めるのは、時期尚早だ。
ショウニン　【承認】社長の承認を得て、新部門を開設する。
【証人】目撃《もくげき》者が証人だ。
【商人】商人は利害得失にさとい。
シュウシュウ　【収拾】被災《ひさい》地《ち》の事態収拾のため、自衛隊が活躍《かつやく》した。
【収集】切手の収集が趣味《しゅみ》だ。
ショウメイ　【証明】仮説を証明する。身分証明書。
【照明】部屋《へや》の照明が雰囲気《ふんいき》を作る。
劇場の舞台《ぶたい》照明が効果的だ。
ジンコウ　【人口】都市に人口が集中する。
【人工】人工衛星の打ち上げに成功する。
人工芝《しば》の球場。
シンセイ　【神聖】神聖な教会で、商売は許されない。
【真性】真性コレラと診断《しんだん》された。
【申請】渡航《とこう》ビザを申請する。
スイイ　【推移】若者のファッションに時代の推移を見る。
【水位】日照《ひで》り続きでダムの水位が下がる。
セイカ　【成果】会議には多数が参加し大きな成果を収めた。勉強の成果。
【盛夏】盛夏の候、みなさま如何《いかが》お過ごしでしょうか。
【正価】正価は高いので、値下げを待つ。
【正課】ダンスを学校の正課にとりいれる。
【生家】モーツァルトの生家を訪《たず》ねる。

【声価】各界での卒業生の活躍《かつやく》が、母校の声価を高める。

セイカク　【正確】筆順を正確に覚えている。正確な漢字を書く。

【性格】明るい性格が人に愛される。

セイカン　【生還】兵隊が無事生還した。

【静観】特に手を打たず、事態を静観する。

セイキ　【世紀】月面着陸は、世紀の大事業だった。

【正規】正規の手続きをせず、裏口《うらぐち》からもぐりこもうとする。

【生気】疲《つか》れ切っていて、顔に生気がない。

セイキュウ　【請求】かかった費用《ひよう》を請求する。

【性急】初めて会った女性に結婚《けっこん》を申《もう》し込《こ》むとは、性急な男だ。

セイコウ　【成功】事業に成功して金持ちになった。

【精巧】精巧なコンピューター機器。

【性向】若者の消費《しょうひ》の性向を分析《ぶんせき》する。

セイサイ　【制裁】協定違反《いはん》者に制裁を加える。

【生彩】多くの中で、入賞作品がやはり生彩を放《はな》っている。

セイサン　【生産】米の生産が減《へ》る。生産と消費。

【清算】負債《ふさい》を清算したい。罪深い過去を清算する。

【精算】会費を精算し、余りを返す。運賃を精算する。

【成算】成算があって事業を始める。

【製産】絹《きぬ》織物の製産工程を見学する。

セイシ　【生死】大病で生死の境《さかい》をさまよった。行方《ゆくえ》が知れず、生死不明だ。

【静止】打ち上げた人工衛星は間もなく静止した。

【正視】事故のむごたらしさを正視できなかった。

【制止】警官《けいかん》の制止を振《ふ》り切って逃《に》げた。

セイジョウ【正常】ストによるダイヤの乱れは、正常に戻《もど》った。

【清浄】山の清浄な空気を楽しむ。

【政情】革命後政情がなかなか安定しない。

セイソウ　【清掃】家の内外を清掃する。

【正装】正装して儀式《ぎしき》に参列《さんれつ》する。

【盛装】盛装して結婚披露宴《けっこんひろうえん》に出席する。

セイチョウ【成長】子供が成長する。

【生長】植物が生長する。

【静聴】先生の講義を静聴する。

セイネン　【青年】青年男女の集まるダンス講習会。

【成年】成年に達すると選挙権がある。

【生年】清少納言《せいしょうなごん》の生年《せいねん》は不詳《ふしょう》である。

セイフク【制服】警官《けいかん》の制服は機能的にできている。

【征服】登山隊《とざんたい》が頂上征服を目指す。

【正副】正副併《あわ》せて二通、書類を作る。

セイメイ【生命】生命の尊厳《そんげん》を無視した医療《いりょう》は許せない。生命保険を掛《か》ける。

【姓名】姓名と生年月日を書《か》き込《こ》む。

【声明】首脳《しゅのう》会談の後、共同声明を発表する。

セイヨウ【西洋】西洋と東洋を比較《ひかく》する。

【静養】病後はゆっくり静養するのがよい。

セイリ【整理】引き出しの中を整理する。

【生理】人体の生理を研究する。

セイリョク【勢力】金《かね》の力で勢力範囲《はんい》を広げる。

【精力】週末も休まない彼《かれ》の精力に感心する。

セジ【世事】箱入《はこい》り娘《むすめ》で世事に疎《うと》い。

【世辞】お世辞を言って、人の気を引こうとする。

ゼッコウ【絶好】運動会は絶好の晴天に恵まれた。絶好のチャンスを逃《のが》すな。

【絶交】友達とけんかして、絶交した。

セッシュ【接種】ポリオの予防接種は義務ではない。

【摂取】近代化を目指して、西洋文化の摂取に努《つと》めた。栄養摂取。

【節酒】病後は節酒を心掛《こころが》ける。

セッショウ【折衝】折衝を重ねた末、両国は懸案《けんあん》の協定を結んだ。

【殺生】殺生を禁じ、仏僧《ぶっそう》は肉食しない。

セップク【切腹】武士は切腹によって面目《めんもく》を保った。

【説伏】夫を説伏して、ついに車を買うことにした。

センキョ【選挙】議員を選挙する。

【占拠】反乱軍が町を占拠した。

センコウ【選考】委員が入選作を選考する。

【専攻】大学で物理を専攻する。

【潜行】地下に潜行するスパイを追う。

ゼンシン【前進】毎日一歩前進を目指す。

【全身】全身を打って、意識不明だ。

【前身】嘘《うそ》の履歴《りれき》で前身を隠《かく》す。

【漸進】漸進的改善《かいぜん》が望まれる。

センセイ【先生】先生と生徒は、師弟《してい》の間柄《あいだがら》だ。

【宣誓】選手代表が宣誓する。聖書に手を置いて宣誓する。

【先制】先制攻撃《こうげき》で味方は有利だ。

センタク【洗濯】洗濯は機械まかせだ。

【選択】家庭か、職場か、女性は選択を迫《せま》られる。

ソウイ【相違】彼《かれ》の言葉は、事実と相違《そうい》する。

【創意】どんな仕事にも創意工夫《くふう》が欲しい。

【総意】国民の総意に基づいて、憲法《けんぽう》を改正する。

ソウゾウ【想像】竜《りゅう》は想像上の動物だ。

【創造】神は天地を創造した。

ソガイ【疎外】新人を疎外して、仲間に入れない。

【阻害】迷信《めいしん》が近代化を阻害する。

ソクセイ【促成】野菜の促成栽培《さいばい》が盛《さか》んだ。

【速成】ワープロ技術者速成コース。

【即製】即製の棚《たな》が重宝《ちょうほう》している。
即製の会場の安全対策はどうか。

ソクセキ【即席】夜食《やしょく》に即席ラーメンを食べた。

【足跡】湯川《ゆかわ》博士は、物理学界に大きな足跡を残した。

タイカ【退化】使わないと、体の機能が退化する。

【耐火】この建物は耐火構造になっている。

【大過】大過なく会長の大役を果たす。

【大家】先生は江戸文学の大家だ。

タイショウ【対称】左右対称の建築様式。

【対照】東西を比較《ひかく》対照する。

【対象】我が子を研究の対象としている児童心理学者がいる。

タイメン【対面】三十年前に別れた親子が対面した。

【体面】体面を保《たも》つためにやせがまんする。

タサイ【多彩】彼《かれ》は多彩な経歴の持主だ。

【多才】多才な彼《かれ》は、作詞作曲し、歌って踊《おど》る。

【多妻】一夫多妻を通念とする社会がある。

タンキ【短気】短気は損気。短気でおこりっぽい。

【短期】短期の契約《けいやく》で働く。

ダンコウ【断行】税制改革を断行する。

【団交】労働組合が団交を要求する。

【断交】両国は断交したまま、国交再開の見通しはない。

チカ【地下】地下資源に乏《とぼ》しい日本は、原材料を世界各国から輸入している。

【地価】東京の地価が異常に上がる。

チュウ【注】難解な部分に注をつける。

【中】成績は中くらいだ。

【宙】宛先《あてさき》のない手紙が宙に迷《まよ》っている。

チュウシャ【注射】注射を打って痛みを止めた。

【駐車】この道は駐車禁止だ。

チュウショウ【中傷】悪口を言って、人を中傷する。

【中小】中小企業《きぎょう》は大企業《きぎょう》に対抗《たいこう》できない。
【抽象】現代の画家は抽象を好む。
チンカ　【沈下】地盤《じばん》が沈下する。
【鎮火】山火事は三日かかって鎮火した。
ツイキュウ　【追求】人はだれでも幸福を追求する。
【追及】責任を追及されて辞任した。
【追究】学者は真理を追究しようとする。
ツウカン　【痛感】病気になって、健康の大切さを痛感した。
【通関】入国の際、通関手続きをする。
テイオン　【低温】牛乳を低温殺菌《さっきん》する。
【低音】低音の響《ひび》きがよいスピーカー。
テイガク　【定額】定額を毎月貯金する。
【低額】低額所得者の税率を下げる。
【停学】学内で暴力《ぼうりょく》をふるい停学になる。
テイショク　【定食】和風定食は低カロリーで人気がある。
【定職】定職がなく、生活が不安定だ。
【停職】事故を起こした警官《けいかん》が処分された。
【抵触】官吏《かんり》が業者に接待を受けると、法に抵触する。
テイチョウ　【丁重】丁重にあいさつする。

【低調】不景気で商売は低調だ。
テキセイ　【適性】大勢の人の命を預かるパイロットには、厳しい適性検査が必要だ。
【適正】適正な価格で売買が行われるよう婦人団体が目を光らす。
テンカ　【天下】ローマは、天下に比類のない大帝国を築いた。
【点火】マッチでガスに点火する。
【転嫁】自分の責任を転嫁する。
【添加】食品に人工着色料を添加する。
テンカイ　【展開】物語の展開が速くておもしろい。
【転回】コペルニクス的転回。
テンコウ　【天候】天候が不順で、夏なのに寒い。
【転校】父の転任で、子供は転校しなければならない。
テンサイ　【天才】レオナルド・ダビンチは天才中の天才だ。
【天災】天災は忘れた頃《ころ》にやってくる。
テンテン　【点々】丘の上に家が点々と建っている。
【転々】住まいを転々と移す。
デントウ　【伝統】良い伝統を守る。
【電灯】電灯が消えて、真っ暗だ。
トウキ　【登記】家屋《かおく》を登記する。

トウコウ【陶器】陶器の置物を飾《かざ》る。
【冬季】冬季オリンピックを開催《かいさい》する。
【投棄】ごみの不法投棄を摘発《てきはつ》する。
【登校】生徒は八時までに登校する。
【投降】ハイジャックの犯人は、十時間後に投降した。
【投稿】雑誌に俳句を投稿する。
ドウコウ【同行】記者団が首相に同行する。
【同好】同好の士を集めた撮影《さつえい》会。
【動向】社会の動向に無関心ではすまない。
ドウセイ【同姓】同姓同名の人に間違《まちが》えられた。
【同性】同性の友人は気兼《きが》ねが無い。
【動静】敵《てき》の動静を探《さぐ》る。
トウブン【当分】当分このままで変化はないだろう。
【等分】三人で等分に分けた。
【糖分】太るので、糖分をひかえる。
トウヨウ【東洋】東洋と西洋の文化を比較《ひかく》する。
【盗用】デザイン盗用で訴《うった》えられる。
【登用】新人を重要ポストに登用する。
トクチョウ【特徴】早口は彼《かれ》の特徴だ。
【特長】素材の特長を生かした料理を作る。
トッキュウ【特急】特急で三時間かかる。
【特級】特級の酒は味がまろやかだ。

ナンキョク【南極】南極探検隊に加わる。
【難局】交渉決裂《こうしょうけつれつ》という難局を迎《むか》えた。
ネンショウ【燃焼】不完全燃焼で一酸化《いっさんか》炭素が出る。
【年少】年少の者をいたわる。
【年商】年商百億《ひゃくおく》の会社に成長した。
ハイカン【拝観】寺が拝観料をとって仏像を見せる。
【配管】水道の配管工事を請《う》け負《お》う。
【廃刊】雑誌を廃刊にする。
ハイスル【配する】松《まつ》に梅《うめ》を配した構図の作品。
【廃する】虚礼《きょれい》を廃する。
【拝する】神仏《しんぶつ》を拝する。
【排する】万難《ばんなん》を排して参加いたします。
ハクシャ【薄謝】投稿者《とうこうしゃ》に薄謝《はくしゃ》を呈《てい》する。
【拍車】物価高が生活苦に拍車をかける。
ハクジョウ【白状】罪を白状する。
【薄情】妻を見捨てた薄情な男だ。
ハンコウ【犯行】犯行を重ね、遂《つい》にご用となった。
【反抗】親に反抗して家出する。
ヒショ【秘書】秘書にタイプさせる。
【避暑】夏は軽井沢へ避暑に行く。
ヒソウ【悲壮】悲壮な覚悟《かくご》で戦地へ赴《おもむ》く。
【皮相】皮相な見方を軽蔑《けいべつ》する。
ヒッシ【必死】必死になって仕事をさがす。

【必至】首相の交替《こうたい》は必至だ。
ヒナン　【避難】安全な所に避難する。
【非難】大臣の暴言《ぼうげん》は非難されて当然だ。
フキュウ　【普及】テレビが国中《くにじゅう》に普及した。
【不朽】不朽の名作を映画化する。
【不休】不眠《ふみん》不休でリポートを完成した。
【不急】不急の用は後回しにする。
フゴウ　【符号】疑問符《ぎもんふ》や感嘆符《かんたんふ》などの符号。
【富豪】油田で一夜にして大富豪となる。
【符合】犯人の自白と捜査《そうさ》結果が符合する。
フジュン　【不順】天候が不順で農作物の生育に影響がある。
【不純】不純な動機で入会を希望して断られる。
フショウ　【不詳】死体の身元は不詳である。
【負傷】交通事故で負傷した。
【不祥】校内暴力《ぼうりょく》などの不祥事を恥《は》じる。
【不肖】不肖の子を持つ親は苦労が多い。
フシン　【不振】事業の不振を苦にする。成績不振の学生。
【不審】警官《けいかん》は逃《に》げだす男を不審に思った。
【不信】夫に対する不信が離婚《りこん》の原因だ。
【腐心】大統領は治安《ちあん》対策に腐心《ふしん》している。

フジン　【婦人】婦人の権利を平等に認める。
【夫人】夫人が夫の代わりに出席した。
ブンカ　【文化】文化の日に文化勲章《くんしょう》を授与する。
【文科】文科系の学生は就職《しゅうしょく》に苦労する。
【分化】専門が分化する傾向《けいこう》にある。
ヘイコウ　【平行】平行する二直線は交《まじ》わらない。
【閉口】嫌《きら》いなものばかり食べさせられて閉口した。
【並行】学業と仕事を並行させるのは、時間的に難しい。
【平衡】酒を飲むと平衡感覚が弱まる。
ヘンキョウ　【辺境】辺境の地にも電気製品は普及《ふきゅう》している。
【偏狭】多様性を認めない人間は偏狭だ。
ボウカン　【防寒】防寒のため冬は厚着する。
【傍観】自分に関係がないと思って傍観している。
【暴漢】暴漢に襲《おそ》われて大怪我《おおけが》した。
ホウキ　【放棄】遺産相続の権利を放棄した。
【法規】交通法規を覚えて運転免許を取る。
ボウチョウ　【傍聴】裁判所で判決を傍聴した。
【膨脹】猛暑《もうしょ》でレールが膨脹し曲《ま》がった。
ホショウ　【保証】電気製品に一年間の保証がある。

【保障】安全保障のため条約を結ぶ。
【補償】事故の補償は大変なので、保険に入っておく。
マンシン【慢心】運よく成功したら、慢心して努力しなくなった。
【満身】満身の力を込めて引っ張った。
メイアン【名案】問題解決に名案はないものか。
【明暗】人生の明暗を分ける就職《しゅうしょく》試験。
メイキ【銘記】この失敗を銘記して忘れない。
【明記】男女の平等は憲法《けんぽう》に明記してある。
【名器】名器ストラディバリでバッハの無伴奏《むばんそう》ソナタを演奏した。
メイシ【名詞】漢語には、名詞が多い。
【名刺】初対面の人と名刺を交換《こうかん》する。
【名士】各界の名士を招待する観桜《かんおう》会。
モウジュウ【猛獣】ライオンのような猛獣でもこどものときはかわいい。
【盲従】唯々諾々《いいだくだく》として上司に盲従するのは嫌《いや》だ。
モクレイ【目礼】遠くから互《たが》いに目礼を交《か》わす。
【黙礼】教会の中で知人に黙礼する。
モン【門】夜は門を閉《し》める。
【紋】紋付の羽織《はおり》を着る。

ヤク【役】役に立つ人間になりたい。一人《ひとり》三役をこなす。
【約】約千人が応募《おうぼ》した。
【訳】原文はいいのだが訳が悪い。
ユウカン【夕刊】帰りの電車の中で、夕刊を読む。
【勇敢】勇敢な少年が犯人を捕《つか》まえた。
【有閑】有閑階級は別として、一般《いっぱん》に主婦は忙《いそ》がしい。
ユウキュウ【有給】有給休暇《きゅうか》を利用して海外旅行する。
【遊休】遊休地を子供の遊び場に提供する。
ユウコウ【有効】切符《きっぷ》の有効期限が切れた。
【友好】隣国《りんごく》と友好条約を結ぶ。
ユウリ【有利】有利な投資で資産を増《ふ》やす。
【遊離】生活態度が現実から遊離している。
ヨウイ【用意】用意周到だ。いつでも受けて立つ用意がある。
【容易】国際紛争《ふんそう》の調停は容易ではない。
ヨウシ【容姿】容姿の美しい女性を秘書にする。
【養子】娘《むすめ》の婿《むこ》を養子に迎《むか》える。
ヨウチ【要旨】全文の要旨を三百字にまとめる。
【幼稚】子供っぽくて幼稚な考えだ。
【用地】新社屋《しゃおく》建設のため用地を確保する。

【要地】大きい川があって、昔から交通の要地となっている。

ヨウリョウ【要領】要領がいいので損はしない。

【容量】容量百リットルの冷凍庫《れいとうこ》。

【用量】薬の用量を間違《まちが》えないように気を付ける。

ヨチ【予知】地震《じしん》を予知する。

【余地】被告《ひこく》の犯意は疑いの余地がない。

リョウカイ【了解】相手の事情を了解する。

【領海】他国の領海を侵《おか》さない。

リョウシン【両親】両親の慈愛《じあい》を忘れない。

【良心】ウソをついて良心がとがめる。

ルイケイ【累計】月々の赤字を累計すると、年間、百億《おく》になる。

【類型】入試問題は類型的なものが多い。

レイガイ【例外】例外は認められない。

【冷害】冷害で、農作物は大きな打撃《だげき》を被《こうむ》った。

ロウカ【老化】老化を防《ふせ》ぐために体操《たいそう》する。

【廊下】廊下では静粛《せいしゅく》にする。

ロウスイ【老衰】九十で老衰のため死亡した。

【漏水】水道管の漏水箇所《かしょ》を調べる。

二 同訓異字

第二章〔二〕㈡を参照の上、以下の表を利用されたい。（国語審議会漢字部会が作成し、昭和四十八年六月十八日「当用漢字音訓表」が告示されたとき、「参考資料」として発表されたものを基にした。）

あう
【会う】 友達に会う。
【合う】 洋服が身体によく合う。この部屋《へや》には青いカーテンが合う。目が合う。計算が合う。友達と落ち合う。
【遭う】 にわか雨に遭う。事故に遭う。災難に遭う。

あがる・あげる
【上がる・上げる】 物価が上がる。社会的地位が上がる。贈《おく》り物《もの》を上げる。荷物を棚《たな》に上げる。本を書き上げる。
【揚がる・揚げる】 たこが揚がる。てんぷらを揚げる。旗を揚げる。
【挙げる】 例を挙げる。手を挙げる。顔を挙げる。

あく・あける
【開く・開ける】 店が開く。目を開ける。窓を開ける。
【空く・空ける】 席が空く。手が空く。家を空ける。
【明く・明ける】 夜が明ける。年が明ける。背中の明いた服。

あし
【足】 手足。足の裏。足が速い。
【脚】 机の脚。

あたい
【価】 価が高くて買えない。商品に価を付ける。
【値】 千円に値する。ほめるに値する。

あたたかい・あたたまる・
【暖かい・暖まる・暖める】 暖かなストーブ。暖かい心。部屋《へや》を暖める。

あたためる　**【温かい・温まる・温める】**　温かい料理。スープを温める。心温まる話。

あたる・あてる　**【当たる・当てる】**　天気予報が当たる。出発に当たって。ボールを壁《かべ》に当てる。

あてる　**【充てる】**　稼《かせ》いだ金を学費に充てる〔当てる〕。

あつい　**【暑い】**　東京の夏は暑い。今日は暑い。

【熱い】　熱い湯。熱い風呂《ふろ》に入る。

【厚い】　厚い辞書。厚いオーバー。厚い壁《かべ》。

あと　**【跡】**　雪の上の足跡。古い城跡。親の跡を継《つ》ぐ。

【後】　後から行く。犬が子供たちの後をついて走る。後を頼む。

あぶら　**【油】**　植物油でてんぷらを揚げる。水と油。

【脂】　牛肉の脂。脂がのる年ごろ。

あやまる　**【誤る】**　誤りに×をつける。運転を誤って事故を起こす。

【謝る】　大事な皿を割ってしまい、謝る。会議に遅《おく》れて謝る。

あらい　**【荒い】**　波が荒い海。気が荒い馬。肌《はだ》が荒れる。

【粗い】　網《あみ》の目が粗い。仕事が粗い。

あらわす・あらわれる　**【表す・表れる】**　言葉に表す。嬉《うれ》しさが顔に表れる。

【現す・現れる】　太陽が現れる。姿を現す。

【著す】　書物を著す。

ある　**【有る】**　金が有る。子供が有る。

【在る】　日本はアジアに在る。私の家は東京に在る。

あわせる　**【合わせる】**　力を合わせる。時計を合わせる。手を合わせて拝《おが》む。

【併せる】　二つの会社を併せる。両者を併せて考える。

いたむ・いためる　**【痛む・痛める】**　足が痛む。肩《かた》を痛める。

【傷む・傷める】　家が傷む。傷んだ果物《くだもの》。

【悼む】死を悼む。亡《な》くなった友人を悼む。

いる
【入る】仲間入りをする。気に入る。恐《おそ》れ入りますが。
【居る】家に居る。
【要る】金が要る。何も要らない。親の許可が要る。

うける
【受ける】相談を受ける。試験を受ける。金を受け取る。
【請ける】仕事を請け負う。

うつ
【打つ】電報を打つ。たいこを打つ。心を打つ話。くぎを打つ。
【討つ】賊《ぞく》を討つ。相手を討ち取る。
【撃つ】銃《じゅう》を撃つ。大砲《たいほう》を撃つ。的《まと》を撃つ。

うつる・うつす
【移る・移す】東京から大阪に移る。ピアノを移す。席を移す。
【映る・映す】木の緑が水に映る。スクリーンに映す。
【写る・写す】このカメラはよく写る。写真を写す。書類を写す。

うむ・うまれる
【生む・生まれる】新記録を生む。京都に生まれる。
【産む・産まれる】子を産む。卵を産み付ける。

うれい・うれえ
【憂い・憂え】将来に対する憂い。災害《さいがい》を招《まね》く憂い(え)がある。
【愁い】愁いに沈む。友の死に対する愁い。

える
【得る】許可を得る。資格を得る。勝利を得る。
【獲る】ウサギを獲る。猟《りょう》の獲物が多い。(↓とる)

おかす
【犯す】法を犯す。罪を犯す。
【侵す】他国の領土を侵す。住居を侵す。権利を侵す。
【冒す】危険を冒す。大雨を冒して行く。

おくれる
【遅れる】電車が遅れる。クラスに遅れる。バスに乗り遅れる。
【後れる】時計が後れる。近代化が後れる。後れて出発する。

おくる　【送る】荷物を送る。友達を駅まで送る。
　　　　【贈る】花を贈る。お祝いの品を贈る。

おこる・おこす　【起こる・起こす】地震が起こる。交通事故を起こす。体を起こす。
　　　　【興る・興す】国が興る。産業を興す。
　　　　（【怒る】あの人はすぐ怒る。先生に怒られる。）

おさえる　【押さえる】風が強いので帽子《ぼうし》を押さえる。証拠《しょうこ》を押さえる。
　　　　【抑える】怒《いか》りを抑える。要求を抑える。物価の上昇《じょうしょう》を抑える。

おさまる・おさめる　【収まる・収める】リストに収める。博物館に収める。
　　　　【納まる・納める】箱《はこ》に納まる。税金を納める。学費を納める。
　　　　【治まる・治める】痛みが治まる。国を治める。
　　　　【修まる・修める】行いが修まる。学問を修める。

おす　【押す】戸を押す。車を押す。ベルを押す。念を押す。
　　　　【推す】学長に推す。あの人の意見を推す。
　　　　（【雄】♂）

おどる　【踊る】音楽に合わせて踊る。盆《ぼん》踊り。踊り子。
　　　　【躍る】躍り上がって喜ぶ。心が躍る。

おもて　【表】布の表と裏。表で遊ぶ。表門。
　　　　【面】面隠《かく》して尻隠《しりかく》さず。

おりる・おろす　【降りる・降ろす】電車を降りる。荷物を降ろす。
　　　　【下りる・下ろす】幕《まく》が下りる。許可が下りる。貯金を下ろす。
　　　　【卸す】小売り商に卸す。卸し売り。

かえりみる　【顧みる】過去を顧みる。後ろの人を顧みる。
　　　　【省みる】自らを省みる。自分の行動を省みる。

かえる・かえす 【返る・返す】 生き返る。振《ふ》り返る。借りた金を返す。
【帰る・帰す】 国に帰る。帰り道。親元へ帰す。
かえる・かわる 【代える・代わる】 命には代えられない。父に代わって挨拶《あいさつ》する。身代わりになる。
【替える・替わる】 商売を替える。着替《が》える。年度が替わる。
【変える・変わる】 予定を変える。形を変える。気持ちが変わる。
【換える・換わる】 ドルを円に換える。バスを乗り換える。物が金に換わる。
かおり 【薫り】 風の薫り。
【香り】 花の香り。茶の香り。香りの高い果物《くだもの》。
かかる・かける 【掛かる・掛ける】 腰を掛ける。迷惑《めいわく》を掛ける。保険を掛ける。壁《かべ》に絵が掛かっている。カバーが掛かる。時間が掛かる。
【懸かる・懸ける】 気に懸かる。優勝が懸かる。命を懸けた仕事。月が中天に懸かる。
【架かる・架ける】 橋が架かる。電線を架ける。
【係る】 係り合う。係員《かかりいん》。
かげ 【影】 影が映る。人の影。影絵芝居《しばい》。
【陰】 山の陰。木陰《こかげ》。物陰に隠《かく》れる。
かた 【形】 自由形。髪形《かみ》。
【型】 血液型《けつえきがた》。型紙《かたがみ》。一九八七年型《ねんがた》の自動車。
かたい 【堅い】 堅い材木。義理堅《ぎりがた》い。堅苦しい。
【硬い】 硬い表情。硬い土。
【固い】 固く信じる。固い決心。頭が固い。
かわ 【革】 革の靴《くつ》。なめし革《がわ》。
【皮】 果物《くだもの》の皮をむく。木の皮。
かわく 【乾く】 洗濯物《せんたくもの》が乾く。空気が乾く。乾いた土。

きく　**【渇く】**　のどが渇く。
【聞く】　物音を聞く。話声を聞く。噂《うわさ》を聞く。
【聴く】　音楽を聴く。要求を聴く。国民の声を聴く。

きく　**【効く】**　薬が効く。宣伝が効く。効き目がある。
【利く】　応用が利く。気が利く。左手が利く。

きわまる・きわめる　**【窮まる・窮める】**　窮まりない宇宙《うちゅう》。窮まるところがない。
【極まる・極める】　不都合《ふつごう》極まる言動。山頂を極める。極めてよい成績。
【究める】　真理を究める。学を究める。

くら　**【倉】**　米倉《こめぐら》。
【蔵】　大蔵省。酒屋の蔵。蔵開き。

こえる・こす　**【越える・越す】**　山を越える。海を越える。年を越す。引っ越す。
【超える・超す】　人間の能力を超える。限度を超える。音の速さを超える飛行機。

こおり　**【氷】**　氷が張る。氷が溶ける。湖の氷は厚い。
【凍り】　湖水の凍りが今年は早い。凍り豆腐《どうふ》。

さがす　**【探す】**　きれいな財布を探す。空《あ》き家を探す。仕事を探す。
【捜す】　落とした財布《さいふ》を捜す。犯人を捜す。

さく　**【割く】**　魚の腹を割く。時間を割く。
【裂く】　布を裂く。仲を裂く。引き裂く。
（**【咲く】**　花が咲《さ》く。）

さげる　**【下げる】**　値段を下げる。軒《のき》から下げる。
【提げる】　荷物を手に提げる。手提げカバン。

さす　**【指す】**　あちらの方を指す。磁石《じしゃく》の針は北を指す。指された学生は立って答える。
【刺す】　ナイフで刺す。蚊《か》が刺す。ハチに刺される。

さめる・さます 【差す】 傘《かさ》を差す。手を差し出す。腰《こし》に刀を差す。
【覚める・覚ます】 目が覚める。目を覚ます。迷《まよ》いを覚ます。
【冷める・冷ます】 料理が冷める。熱が冷める。湯を冷ます。
しずまる・しずめる 【静まる・静める】 あらしが静まる。心が静まる。気を静める。
【鎮まる・鎮める】 騒《さわ》ぎが鎮まる。内乱が鎮まる。痛みを鎮める。
【沈める】 船を沈める。身を沈める。
しぼる 【絞る】 手ぬぐいを絞る。絞り染め。
【搾る】 牛の乳《ちち》を搾る。油を搾る。
しまる・しめる 【閉まる・閉める】 戸が閉まる。ふたを閉める。店を閉める。
【締まる・締める】 ひもが締まる。帯を締める。心を引き締める。
【絞まる・絞める】 首を絞める。絞め殺す。
(【占める】 全体の二割りを占める。頭を占める。)
(【湿る】 空気が湿る。室内が湿る。)
すすめる 【勧める】 保険に入るように勧める。入会を勧める。
【進める】 前へ進める。時計を進める。計画を進める。
【薦める】 候補者として薦める。適任者を薦める。良い参考書を薦める。
する 【擦る】 洋服が擦り切れる。転んでひざを擦りむく。マッチを擦る。
【刷る】 名刺《めいし》を刷る。活字で刷る。教科書を刷る。
そう 【沿う】 線路に沿って歩く。川に沿った道。
【添う】 友人に付き添って病院へ行く。そばに添う。連れ添う。
そなわる・そなえる 【備わる・備える】 家具や食器の備わったアパート。試験に備える。
【供える】 墓《はか》に花を供える。お神酒《みき》を供える。お供え。
たえる 【耐える】 貧乏《びんぼう》に耐える。苦しさに耐える。痛みに耐える。

【堪える】 長年の使用に堪える。観賞に堪えない。

（【絶える】 息が絶える。交通が絶える。便りが絶える。絶え間なく。）

たずねる 【訪ねる】 友人の自宅を訪ねる。明日お訪ねします。

【尋ねる】 道を尋ねる。先生に尋ねる。尋ね人。

たたかう 【戦う】 敵と戦う。相手のチームと戦う。

【闘う】 病気と闘う。資本家と闘う。眠気《ねむけ》と闘いながら運転する。

たつ 【断つ】 思いを断つ。水を断つ。食事を断つ。

【絶つ】 連絡を絶つ。命を絶つ。縁《えん》を絶つ。

【裁つ】 布を裁つ。紙を裁つ。裁ちばさみ。

たつ・たてる 【立つ・立てる】 机のそばに立つ。市《いち》が立つ。腹が立つ。計画を立てる。

【建つ・建てる】 家が建つ。銅像が建つ。小屋を建てる。

たっとい（とうとい） 【貴い】 貴い経験。貴い資料。貴い身分。

【尊い】 尊い神。尊い犠牲《ぎせい》を払う。平和の尊さ。

たま 【弾】 ピストルの弾。銃《じゅう》の弾。

【球】 電気の球。球を投げる。

【玉】 目の玉。玉にきず。

つかう 【使う】 人を使う。機械を使って仕事をする。絵を使って教える。

【遣う】 気を遣う。心遣《こころづか》い。小遣《こづか》い。

つく・つける 【着く・着ける】 席に着く。東京に着く。服を身に着ける。船を岸に着ける。仕事に手を着ける。

【就く・就ける】 床に就く。職に就く。有名な先生に就く。大事な役に就ける。

【付く・付ける】 色が付く。利息が付く。名前を付ける。気を付ける。

つぐ 【継ぐ】 父の仕事を継ぐ。服に継ぎを当てる。

【接ぐ】 接ぎ木。骨を接ぐ。

つくる　【次ぐ】富士山に次ぐ山。社長に次ぐ地位。事件が相次ぐ。
【作る】菓子《かし》を作る。規則を作る。文を作る。米を作る。
【造る】庭を造る。酒を造る。船を造る。

つつしむ　【慎む】酒を慎む。言葉を慎む。慎み深《ぶか》い人。
【謹む】謹んで聞く。謹んでお詫《わ》びする。

つとめる　【努める】解決に努める。サービスに努める。努めてゆっくりと話す。
【務める】会議の議長を務める。司会を務める。学生の務めは勉強することである。
【勤める】会社に勤める。一日の勤めが終わる。

とく・とける　【解く・解ける】数学の問題を解く。帯が解ける。ひもが解ける。
【溶く・溶ける】インスタントスープの粉《こな》をお湯で溶く。塩が水に溶ける。

ととのう・ととのえる　【整う・整える】準備が整う。部屋《へや》の中を整える。
【調う・調える】縁談《えんだん》が調う。必要な費用を調える。

とぶ　【飛ぶ】鳥が空を飛ぶ。水に飛び込《こ》む。
【跳ぶ】カエルが跳ぶ。ウサギ跳び。三段跳び。

とまる・とめる　【止まる・止める】機械が止まる。車を止める。通行止め。
【泊まる・泊める】ホテルに泊まる。友人を家に泊める。
【留まる・留める】ボタンが留まる。ピンで留める。

とる　【取る】年を取る。連絡《れんらく》を取る。手に取る。
【執る】筆を執る。手続きを執る。
【撮る】写真を撮る。映画を撮る。
【捕る】ネズミを捕る。ボールを捕る。
【獲る】魚を獲る。狩《か》りでイノシシを獲る。(↓える)

ない　【無い】金が無い。自信を無くす。

【亡い】　今は亡き恩師。母を亡くす。病気で亡くなる。

なおる・なおす
【直る・直す】　故障が直る。誤《あやま》りを直す。
【治る・治す】　病気が治る。傷を治す。

なか
【中】　家の中に入る。心の中。中程《なかほど》。
【仲】　仲が悪い。大学時代の仲間。仲人《なこうど》。

ながい
【長い】　長い年月。長い旅。髪《かみ》が長い。気が長い。
【永い】　永《なが》の別れ。永い眠《ねむ》りにつく。

ならう
【習う】　ピアノを習う。字を習う。
【倣う】　手本に倣う。例に倣う。

のびる・のばす
【伸びる・伸ばす】　草が伸びる。手足を伸ばす。
【延びる・延ばす】　会議が延びる。出発を延ばす。

のぼる
【昇る】　太陽が昇る。煙が昇る。天に昇る。
【上る】　坂を上る。川を上る。上り列車。
【登る】　木に登る。山に登る。

のる・のせる
【乗る・乗せる】　電車に乗る。相談に乗る。子供を自転車に乗せる。
【載る・載せる】　論文が雑誌に載る。棚《たな》に本を載せる。

はえ・はえる
【映え・映える】　紅葉が夕日に映える。夕映《ゆうば》え。
【栄え】　見栄《みば》えがする。栄えある勝利。

はかる
【測る】　距離《きょり》を測る。速度を測る。能力を測る。
【計る】　数量を計る。時間を計る。
【図る】　合理化を図る。解決を図る。
【謀る】　暗殺を謀る。悪事を謀る。
【量る】　目《め》方《かた》を量る。体重を量る。量り売り。

はな
【諮る】 会議に諮る。
【花】 花が咲《さ》く。花の都。
【華】 華やかな性格。火事は江戸の華。

はなれる・はなす
【離れる・離す】 職を離れる。距離《きょり》を離す。
【放れる・放す】 鳥を放す。放し飼《が》い。

はやい
【早い】 朝早く起きる。時期が早い。気が早い。
【速い】 足が速い。テンポが速い。流れが速い。車の速さ。

ひ
【火】 火が燃《も》える。火の用心。
【灯】 町の灯が遠くから見える。入り口の灯。灯がともる。

ひく
【引く】 線を引く。例を引く。戸を引く。車を引く。
【弾く】 ピアノを弾く。新しい曲をバイオリンで弾く。

ふえる・ふやす
【増える・増やす】 人口が増える。運動量を増やす。
【殖える・殖やす】 ガン細胞《さいぼう》が殖える。財産を殖やす。

ふく
【吹く】 風が吹く。笛《ふえ》を吹く。
【噴く】 火山が火を噴く。

ふける
【老ける】 年よりも老けて見える。老け込《こ》む。
【更ける】 夜が更ける。夜更け。

ふじん
【婦人】 婦人の多い会合。山田という婦人。
【夫人】 山田氏の夫人。夫人同伴《どうはん》。社長夫人。

ふた
【二】 二人《ふたり》。二重《ふたえ》まぶた。二つ折り。
【双】 双子《ふたご》。双葉《ふたば》。

ふね
【舟】 小さい舟。舟をこぐ。
【船】 船の旅。船で帰国する。

ふるう　**【振るう】**　刀を振るう。権力を振るう。

【奮う】　勇気を奮う。奮い立つ。

【震う】　身体が震える。声を震わす。身震《みぶる》い。

まざる・まじる・まぜる　**【混ざる・混じる・混ぜる】**　雑音が混ざる。絵の具を混ぜる。

【交ざる・交じる・交ぜる】　綿《めん》に麻《あさ》が交ざっている。漢字仮名交じり文。（cf. 混紡《こんぼう》）

まち　**【町】**　町と村。町の中。下町。

【街】　街を歩く。街の明かり。

まるい　**【丸い】**　丸い顔。日の丸。正答に丸をつける。丸一年。

【円い】　四角い紙と円い紙。

まわり　**【回り】**　身の回り。遠回り。

【周り】　池の周りを回る。周りの人。

みる　**【見る】**　遠くを見る。窓の外を見る。面倒《めんどう》を見る。

【観る】　芝居《しばい》を観る。花を観る。（cf. 花見）

【診る】　医者が患者《かんじゃ》を診る。脈を診る。

もと　**【元】**　火の元。出版元。

【基】　資料を基にして調べる。理論に基づく。

【下】　有名な教授の下で勉強する。法の下に平等である。

【本】　本を正す。農は国の本。

や　**【屋】**　屋根。小屋。

【家】　貸家。空《あ》き家。家賃。

やさしい　**【易しい】**　易しい試験。易しい言葉で説明する。

【優しい】　心の優しい人。優しい言葉で話しかける。

やぶれる・【敗れる・敗る】 試合に敗れる。相手のチームを敗る。
やぶる【破れる・破る】 服が破れる。約束《やくそく》を破る。規則を破る。
やわらかい【柔らかい】 柔らかい肉。柔らかい毛布。
【軟らかい】 軟らかい表情。軟らかいご飯。
よい【良い】 良い友人。成績が良い。
【善い】 善い行い。善い人。
よむ【読む】 本を読む。字を読む。顔色を読む。
【詠む】 和歌を詠む。俳句を詠む。
わかれる【別れる】 友人と別れる。家族と別れて働く。
【分かれる】 道が二つに分かれる。意見が分かれる。
わざ【技】 技を磨《みが》く。柔道《じゅうどう》の技。
【業】 離《はな》れ業。至難《しなん》の業。
わずらう・【煩う・煩わす】 思い煩う。人手を煩わす。
わずらわす【患う】 胸を患う。長患い。

三　特殊《とくしゅ》な音訓・熟字訓

第二章〔二〕㈣を参照の上、以下の表を活用されたい。

＊印の熟語は、通常の音訓による熟語としても用いられるもので、〔　〕に付記しておいた。

＊明日	〔あす〕	あした。〔みょうにち〕
小豆	〔あずき〕	赤い小さな豆《まめ》。お赤飯（祝い事の際に作る）に入れる。
海女	〔あま〕	海に潜《もぐ》って貝などをとる女の人。
意気地	〔いくじ〕	人に負けたくないという気持ち。
一言居士	〔いちげんこじ〕	何についても自分の意見を一言《ひとこと》言いたい人。
一切	〔いっさい〕	全部。
田舎	〔いなか〕	「都会」の反対。
海原	〔うなばら〕	海。
乳母	〔うば〕	母親の代わりに赤《あか》ん坊《ぼう》に乳《ちち》を飲ませて、育てる人。
浮気	〔うわき〕	心が変わりやすいこと。いろいろな物に心をひかれること。
上着	〔うわぎ〕	上に着るもの。
笑顔	〔えがお〕	笑った顔。
伯父・叔父	〔おじ〕	親の兄や弟。
大人	〔おとな〕	二十歳《さい》以上の成人。〔たいじん＝巨人、立派な人〕
伯母・叔母	〔おば〕	親の姉や妹。
お神酒	〔おみき〕	神にそなえる酒。神道《しんとう》で使う。
母屋・母家	〔おもや〕	家族が主に住んでいる家。離《はな》れの反対。
街道	〔かいどう〕	主要な道。

神楽　［かぐら］　神に捧《ささ》げる伝統的な音楽や踊《おど》り。
風上　［かざかみ］　風の吹《ふ》いてくる方角。「風下《かざしも》」の反対。
風下　［かざしも］　風の吹《ふ》いていく方角。「風上《かざかみ》」の反対。
河岸　［かし］　川のきし。魚市場のあるきし。
河川　［かせん］　かわの総称《そうしょう》。
合戦　［かっせん］　たたかい。
*仮名　［かな］　片仮名と平仮名。〔かめい＝本名を使わず、かりに使う名〕
為替　［かわせ］　お金の代わりに書類でお金を送る方法。
河原・川原　［かわら］　川の両側。水が流れず、小石や草原のある所。
神主　［かんぬし］　神につかえる人。（神道《しんとう》）
機嫌　［きげん］　好悪《こうお》の感情。愉快《ゆかい》か不愉快《ふゆかい》かの気分。
*昨日　［きのう］　〔さくじつ〕
*今日　［きょう］　〔こんにち〕
兄弟　［きょうだい］　同じ親の子供。
経文　［きょうもん］　仏教の教えを書いた文。
久遠　［くおん］　いつまでも。永遠。
宮内庁　［くないちょう］　皇室関係の仕事をする役所。
*工夫　［くふう］　よい方法をいろいろ考えること。〔こうふ＝労働者〕
供物　［くもつ］　神や仏に捧《ささ》げた物。
庫裏　［くり］　寺の台所。僧《そう》の家族の住んでいる所。
玄人　［くろうと］　その仕事を職業にしている人。専門家。「素人《しろうと》」の反対。
境内　［けいだい］　寺や神社の敷地《しきち》（土地）。
夏至　［げし］　夜が一年中で最も短い日。

懸念［けねん］ 心配。

仮病［けびょう］ 病気になったふりをすること。

黄金［こがね・おうごん］ 金。ゴールド。

御法度［ごはっと］ 禁止。してはいけないこと。

御利益［ごりやく］ 神仏が何か自分の役に立つことをしてくれること。御利生《ごりしょう》。恩恵。

今昔［こんじゃく］ 今と昔。

献立［こんだて］ 料理の種類を示した物。メニュー。

建立［こんりゅう］ 寺や神社などを建てること。

財布［さいふ］ お金入れ。

酒場［さかば］ 酒を飲む店。

酒屋［さかや］ 酒などを売る店。

五月晴れ［さつきばれ］ 五月《ごがつ》のよく晴れた天気。

五月雨［さみだれ］ 五月《ごがつ》に降る雨。

雑魚［ざこ］ いろいろの小さい魚。重要ではないもの。

詩歌［しいか］ 詩やうた。

時雨［しぐれ］ 秋から冬にかけて突然《とつぜん》降り出す雨。

磁石［じしゃく］ 鉄を吸い付ける金属。常に北を示す針のついた道具。

支度［したく］ 準備。

竹刀［しない］ 竹でできている刀。剣道《けんどう》で使う。

*清水［しみず］ 地面から湧《わ》き出るきれいな水。〔せいすい＝きれいな水〕

三味線［しゃみせん］ 日本の伝統的な楽器。三本の糸をはじいて音を出す。

砂利［じゃり］ 小さな石の集まったもの。

祝儀［しゅうぎ］ 結婚《けっこん》式。お祝いのために上げるお金とか物。

祝言〔しゅうげん〕結婚《けっこん》式。

修行〔しゅぎょう〕物事を習って心身をきたえること。仏の教えに従ってよいことをすること。

精進〔しょうじん〕一心に努力すること。野菜だけ食べること。
＊上手〔じょうず〕「下手《へた》」の反対。とくい。〔かみて＝上座の方、舞台《ぶたい》の向かって右の方〕
小児科〔しょうにか〕子供の病気を扱《あつか》う医学の分野。

静脈〔じょうみゃく〕心臓へ戻《もど》る血が流れる管。
＊白髪〔しらが〕白い髪《かみ》の毛。〔はくはつ〕
素人〔しろうと〕その仕事でお金を得ていない人。アマチュア。「玄人《くろうと》」の反対。

師走〔しわす〕陰暦《いんれき》十二月。

真紅〔しんく〕こい赤。

信仰〔しんこう〕神・宗教を信じること。

出納〔すいとう〕お金や物の出し入れをすること。

数寄屋〔すきや〕茶室（茶道に使う建物）のように造られた建物。

相撲〔すもう〕日本の伝統的なスポーツ。丸い土俵《どひょう》の中で力で勝ち負けを争う。

歳暮〔せいぼ〕世話になった人に年末に上げる贈《おく》り物《もの》。

殺生〔せっしょう〕生き物を殺すこと。

荘厳〔そうごん〕りっぱで、おもおもしいこと。

相殺〔そうさい・そうさつ〕（＋）と（－）で損も得もないようにすること。

掃除〔そうじ〕汚《よご》れた所をきれいにすること。

大音声〔だいおんじょう〕大きな声。

大豆〔だいず〕豆《まめ》の一種。豆腐《とうふ》の原料。

山車〔だし〕祭りの時などに引いて歩く大きな車。花や人形などで飾《かざ》り、祭りの音楽（おはやし）を奏する人たちも乗る。

太刀　〔たち〕　かたな。

七夕　〔たなばた〕　七月七日に行う祭り。この夜、牽牛《けんぎゅう》と織女《しょくじょ》の二つの星が天《あま》の川《がわ》をはさんで一年に一度だけ会う（最も近づく）という伝説がある。

足袋　〔たび〕　着物を着たとき足にはくもの。日本式の靴下《くつした》。

断食　〔だんじき〕　食べ物を食べないこと。

追従　〔ついしょう〕　おせじ。

＊一日　〔ついたち〕　月の最初の日。〔いちにち＝日数を数えるとき〕

通夜　〔つや〕　家族や友人が死んだ人を守って一晩すごすこと。

＊梅雨　〔つゆ〕　六月末から七月始めにかけて雨の降り続く時期。この頃《ころ》梅《うめ》の実がとれる。〔ばいう〕

凸凹　〔でこぼこ〕　出たり、凹《へこ》んだりしているようす。

弟子　〔でし〕　生徒。教え子。

常夏　〔とこなつ〕　いつも夏であること。

土砂　〔どしゃ〕　土や砂。

問屋　〔とんや〕　商人に物を売る店。おろし売り。

仲人　〔なこうど〕　結婚《けっこん》の世話をする人。

名残　〔なごり〕　物事の後に残る気分。別れを残念に思う気持ち。

雪崩　〔なだれ〕　積もった雪が大量に崩《くず》れ落ちること。斜面《しゃめん》でよく起こる。

納得　〔なっとく〕　理解して承知する。

七日　〔なのか〕　七日。月の七番目の日。

納屋　〔なや〕　農家の物置。

苗代　〔なわしろ〕　稲《いね》の種子《たね》を蒔《ま》いて育てる所。

納戸　〔なんど〕　物を入れておく部屋《へや》。

女房　〔にょうぼう〕　自分の妻。
野良　〔のら〕　はたけ。
祝詞　〔のりと〕　神に祈《いの》る言葉。神道《しんとう》で使う。
*博士　〔はかせ〕　Dr.〔はくし〕
暴露　〔ばくろ〕　かくしてある(悪い)ことを皆《みな》に知らせる。
*二十歳・二十　〔はたち〕　〔にじゅっさい〕
二十日　〔はつか〕　月の二十番目の日。一日の二十倍の日数。
波止場　〔はとば〕　船の出入りする所。港。
繁盛　〔はんじょう〕　にぎやかにさかえること。
氷雨　〔ひさめ〕　氷の粒《つぶ》を含《ふく》む雨。冷たい雨。
日和　〔ひより〕　天気の様子《ようす》。
披露　〔ひろう〕　皆《みな》に発表する。
普請　〔ふしん〕　建物を建てること。建築・土木の工事。
風情　〔ふぜい〕　特別な感じ。趣き。
布団　〔ふとん〕　綿《わた》に布をかぶせた物。寝《ね》る時や座る時に使う。
吹雪　〔ふぶき〕　雪のあらし。
*下手　〔へた〕　うまくないこと。「上手《じょうず》」の反対。〔しもて＝舞台《ぶたい》の向かって右の方〕
真っ赤　〔まっか〕　とても赤い。
真っ青　〔まっさお〕　とても青い。
目深に　〔まぶかに〕　目が隠《かく》れるくらい深く(かぶる)。
土産　〔みやげ〕　出掛《でか》けた時に買ってくる贈《おく》り物《もの》。
明星　〔みょうじょう〕　金星《きんせい》。特に明るく輝《かがや》く。
六日　〔むいか〕　六日。月の六番目の日。

息子　〔むすこ〕　親に対して、男の子供。

眼鏡　〔めがね〕　近眼や遠視の人が物をよく見るためにかけるレンズ。

＊紅葉　〔もみじ〕　秋に木の葉が赤くなること。カエデ。〔こうよう〕

木綿　〔もめん〕　繊維《せんい》の種類。綿《わた》から作った糸。

最寄り　〔もより〕　すぐ近く。一番近いこと。

八百屋　〔やおや〕　野菜を売る店。

大和　〔やまと〕　昔の国の名（今の奈良県）。日本の昔の名。

遺言　〔ゆいごん〕　死んだ人が残した言葉。〔いごん＝法律用語〕

結納　〔ゆいのう〕　結婚《けっこん》の約束。

遊説　〔ゆうぜい〕　いろいろな所へ話をしに行くこと。

浴衣　〔ゆかた〕　木綿《もめん》の着物。

行方　〔ゆくえ〕　行き先。

遊山　〔ゆさん〕　遊びに行くこと。

八日　〔ようか〕　八日。月の八番目の日。

寄席　〔よせ〕　日本の伝統的な娯楽《ごらく》（落語・漫才《まんざい》、手品《てじな》等）を見せる所。

留守　〔るす〕　出掛《でか》けていて、家にいないこと。

老若　〔ろうにゃく〕　年寄りと若い人。

緑青　〔ろくしょう〕　銅のさび。

若人　〔わこうど〕　若い人。

早稲　〔わせ〕　早く育つイネ。「晩稲《おくて》」の反対。

四　平仮名の筆順

ぱ	ば	だ	ざ	が	わ	ら	や	ま	は	な	た	さ	か	あ
に	に	ナ	さ	ノ	｜	、	つ	ー	ｌ	ナ	ー	ー	つ	ー
は	は	た	さ	か	オ	ら	ウ	＝	に	な	ナ	さ	カ	ナ
ぱ	ば	だ	ざ	が	わ		や	ま	は	な	た	さ	か	あ

ぴ	び	ぢ	じ	ぎ	を	り		み	ひ	に	ち	し	き	い
ひ	ひ	ー	し	＝	ー	｜		み	ひ	ｌ	ー	し	＝	い
ぴ	び	ち	じ	き	ォ	り		み	ひ	に	ナ		き	い
		ぢ		ぎ	を					に	ち		き	

ぷ	ぶ	づ	ず	ぐ	ん	る	ゆ	む	ふ	ぬ	つ	す	く	う
ふ	ふ	つ	一	く	ノ	る	ｌ	ー	ふ	ｌ	つ	一	く	、
ふ	ふ	づ	す	ぐ	ん		ゆ	む	ふ	ぬ		す		う
ぷ	ぶ		ず				ゆ	む	ふ	ぬ		す		

ぺ	べ	で	ぜ	げ		れ		め	へ	ね	て	せ	け	え
へ	へ	て	ナ	に		｜		ｌ	へ	｜	て	一	ｌ	、
ぺ	べ	で	せ	け		ォ		め		ォ		ナ	に	ラ
			ぜ	げ		れ				ね		せ	け	え

ぽ	ぼ	ど	ぞ	ご		ろ	よ	も	ほ	の	と	そ	こ	お
に	に	、	ッ	こ		ろ	-	し	ｌ	の	、	ッ	こ	-
ほ	ほ	と	そ	こ			よ	も	に		と	そ	こ	お
ぽ	ぼ	ど	ぞ	ご				も	ほ			そ		お

五　片仮名の筆順

パ	バ	ダ	ザ	ガ	ワ	ラ	ヤ	マ	ハ	ナ	タ	サ	カ	ア
ノ	ノ	ク	十	フ	丨	一	フ	フ	ノ	一	ノ	一	フ	フ
ハ	ハ	タ	サ	カ	ワ	ラ	ヤ	マ	ハ	ナ	ク	十	カ	ア
パ	バ	ダ	ザ	ガ							タ	サ		

ピ	ビ	ヂ	ジ	ギ	ヲ	リ		ミ	ヒ	ニ	チ	シ	キ	イ
一	一	一	ミ	ニ	一	丨		ヽ	一	一	一	ヽ	一	ノ
ヒ	ヒ	チ	シ	キ	ニ	リ		ミ	ヒ	ニ	ニ	シ	ニ	イ
ピ	ビ	ヂ	ジ	ギ	ヲ			ミ			チ	シ	キ	

プ	ブ	ヅ	ズ	グ	ン	ル	ユ	ム	フ	ヌ	ツ	ス	ク	ウ
フ	フ	ヽヽ	フ	ノ	ヽ	ノ	フ	ム	フ	フ	ヽ	フ	ノ	ヽ
プ	ブ	ツ	ス	ク	ン	ル	ユ	ム		ヌ	ヽヽ	ス	ク	ウ
		ヅ	ズ	グ							ツ			ウ

ペ	ベ	デ	ゼ	ゲ		レ		メ	ヘ	ネ	テ	セ	ケ	エ
ヘ	ヘ	ニ	フ	ケ		レ		ノ	ヘ	ラ	一	フ	ノ	一
ペ	ベ	テ	セ	ケ				メ		ネ	ニ	セ	ケ	丁
		デ	ゼ	ゲ						ネ	テ		ケ	エ

ポ	ボ	ド	ゾ	ゴ		ロ	ヨ	モ	ホ	ノ	ト	ソ	コ	オ
十	十	丨	ヽ	フ		丨	フ	一	十	ノ	丨	ヽ	フ	一
ホ	ホ	ト	ソ	コ		ロ	ヨ	ニ	オ		ト	ソ	コ	十
ポ	ボ	ド	ゾ	ゴ		ロ	ヨ	モ	ホ					オ

六 常用漢字の筆順

あ 亜哀愛悪握圧扱安案暗

い 以衣位囲医依委威為胃尉異

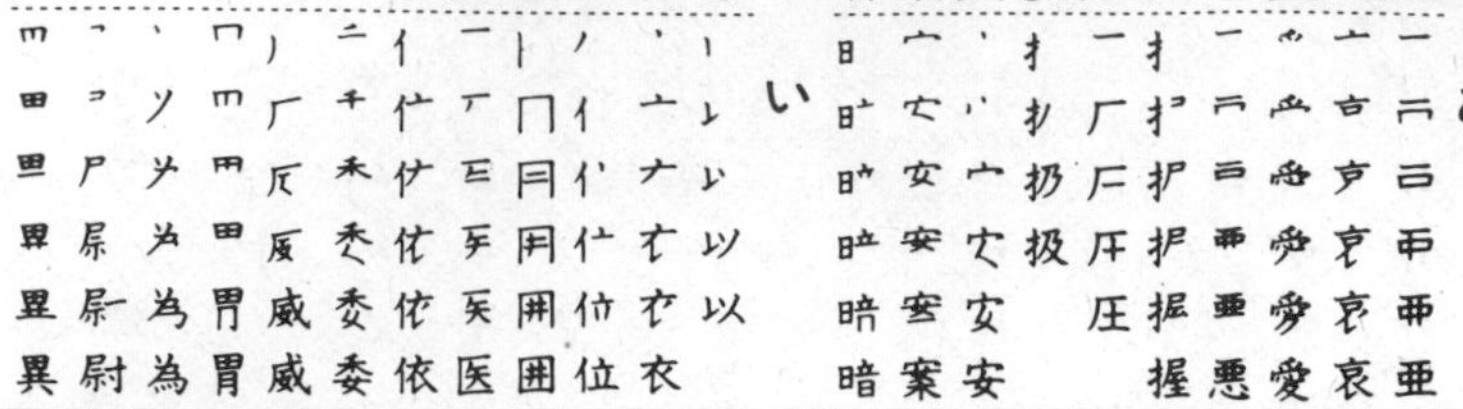

移偉意違維慰遺緯域育一壱逸芋引印因姻員院陰飲隠韻

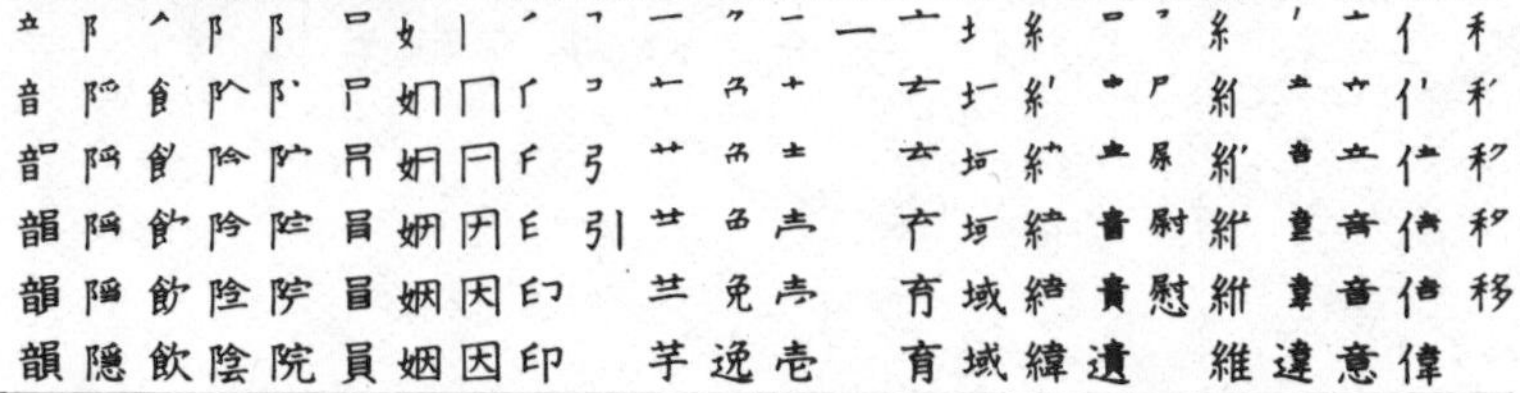

う 右宇羽雨運雲

え 永泳英映栄営詠影鋭衛易疫益液駅悦

越謁閲円延沿炎宴援園煙猿遠鉛塩演縁

お 汚王凹央応往

押欧殴桜翁奥横屋億憶虞乙卸音恩温穏

か 下化火加可仮

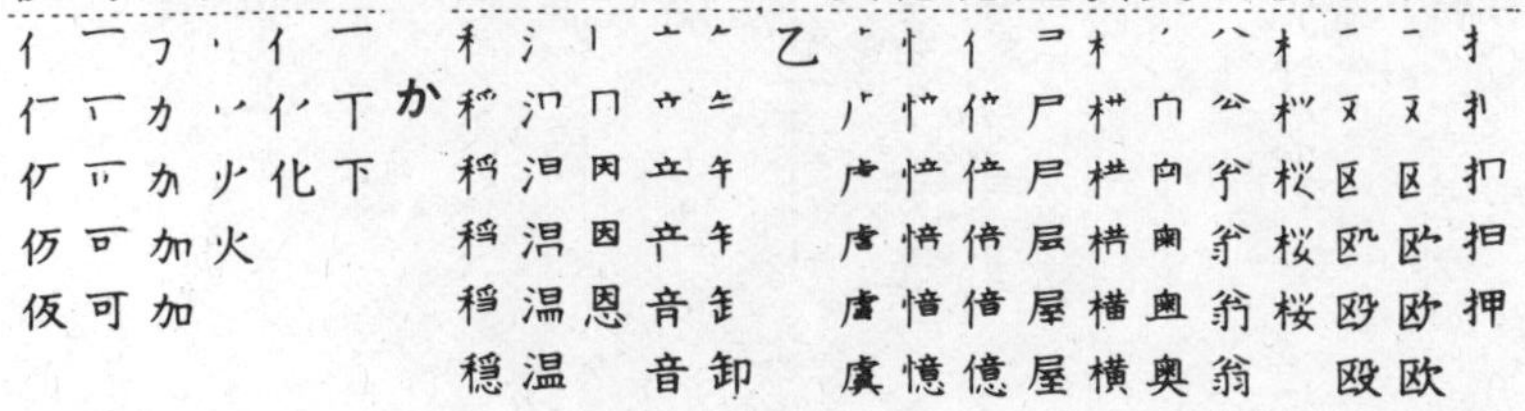

我蚊課稼箇歌寡靴禍暇嫁過渦貨菓華荷家夏架科河果価佳花何

貝懐壊塊解階開絵械皆界海悔拐怪改戒快会灰回介餓雅賀芽画

岳学穫嚇獲確閣隔較覚郭殻核格革拡角各垣概該慨街涯害劾外

陥看巻冠官肝完缶汗甘刊干刈株且轄褐滑割渇喝活括潟掛額楽

館還憾緩監歓関管慣漢感幹寛勧閑間款棺敢換堪喚寒貫患勘乾

き

軌紀季祈奇汽忌希岐気机危企　願顔頑眼岩岸含丸鑑艦観簡環

疑義欺偽宜技騎機輝器旗棄貴棋期揮幾喜規寄基帰鬼飢起記既

急泣究求朽吸休旧丘弓及久九虐逆脚客却詰喫吉菊議犠擬戯儀

供享京狂叫共凶漁御魚距許虚挙拠拒居巨去牛窮給球救宮糾級

玉極局曲凝業暁仰驚響競鏡矯橋境郷教強脅胸恭恐狭峡挟況協

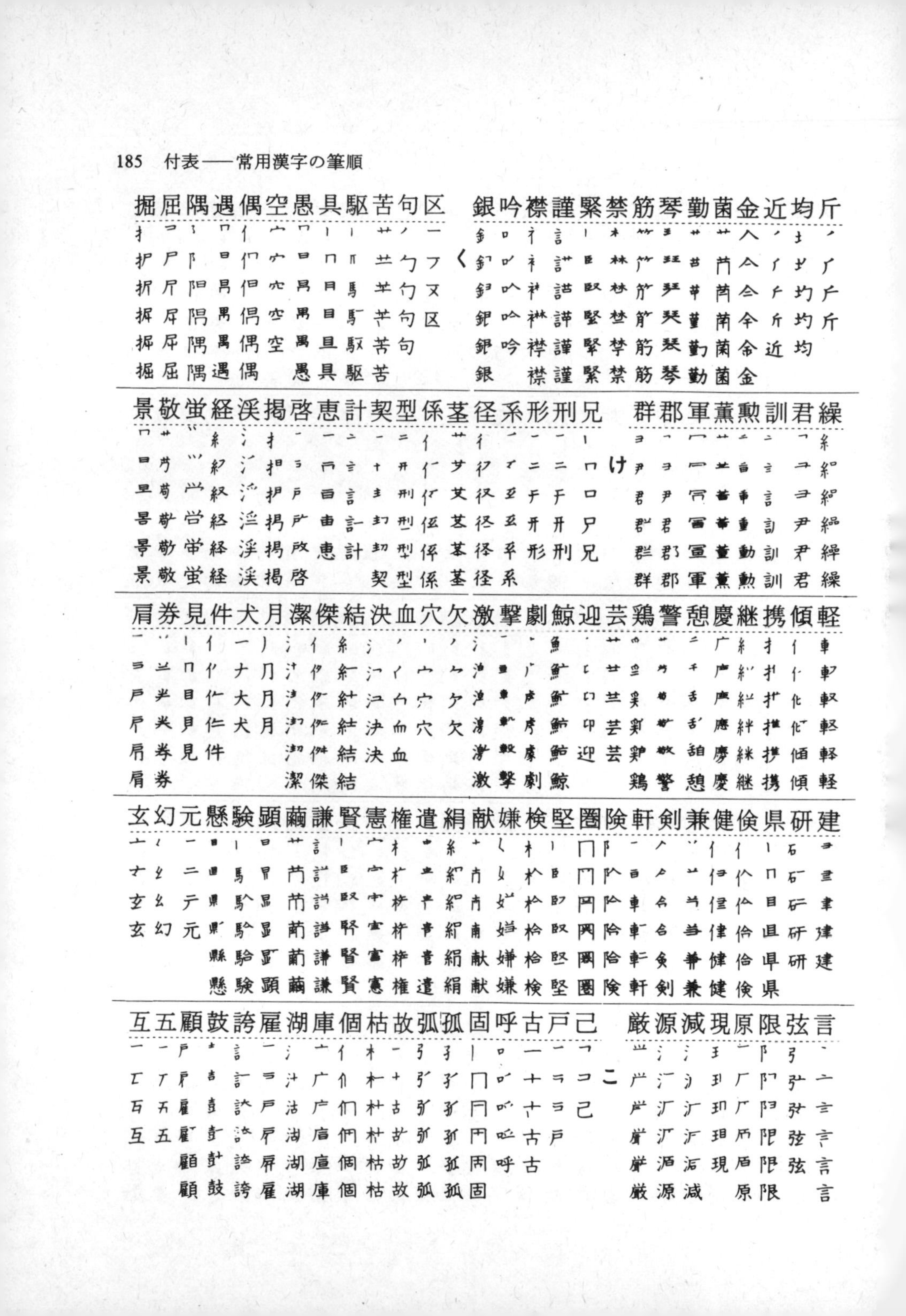

掘屈隅遇偶空愚具駆苦句区 く 銀吟襟謹緊禁筋琴勤菌金近均斤

景敬蛍経渓掲啓恵計契型係茎径系形刑兄 け 群郡軍薫勲訓君繰

肩券見件犬月潔傑結決血穴欠激撃劇鯨迎芸鶏警憩慶継携傾軽

玄幻元懸験顕繭謙賢憲権遣絹献嫌検堅圏険軒剣兼健倹県研建

互五顧鼓誇雇湖庫個枯故弧孤固呼古戸己 こ 厳源減現原限弦言

孝坑行考江好后向光交甲広巧功孔公工口護誤語碁悟娯後呉午

慌黄控康高降貢航耕校候香郊荒紅皇洪恒厚侯肯拘幸効更攻抗

穀黒国刻谷告克豪剛拷合号購講鋼衡興稿酵綱構鉱溝項絞硬港

再才座鎖詐差唆砂査佐左

さ

懇墾魂紺混婚根恨昆困今込骨獄酷

削作崎罪財剤材在際載歳催債裁最菜細斎祭済採彩栽宰砕妻災

酸算散傘産惨蚕桟参山三皿雑擦撮察殺刷札冊咲錯搾酢策索昨

枝姉始刺使私志伺至糸死旨矢市四司史仕氏止支子士　暫残賛

耳次寺字示諮賜雌誌飼資詩試嗣歯詞紫視脂紙師施指思姿肢祉

写芝実質漆湿執疾室失七軸識式璽磁辞慈滋時持治侍事児似自

取朱守主手寂弱若爵釈酌借尺勺邪蛇謝遮煮斜赦捨射者舎車社

週習終修臭秋拾宗周秀舟州囚収樹儒需授受寿趣種酒珠殊首狩

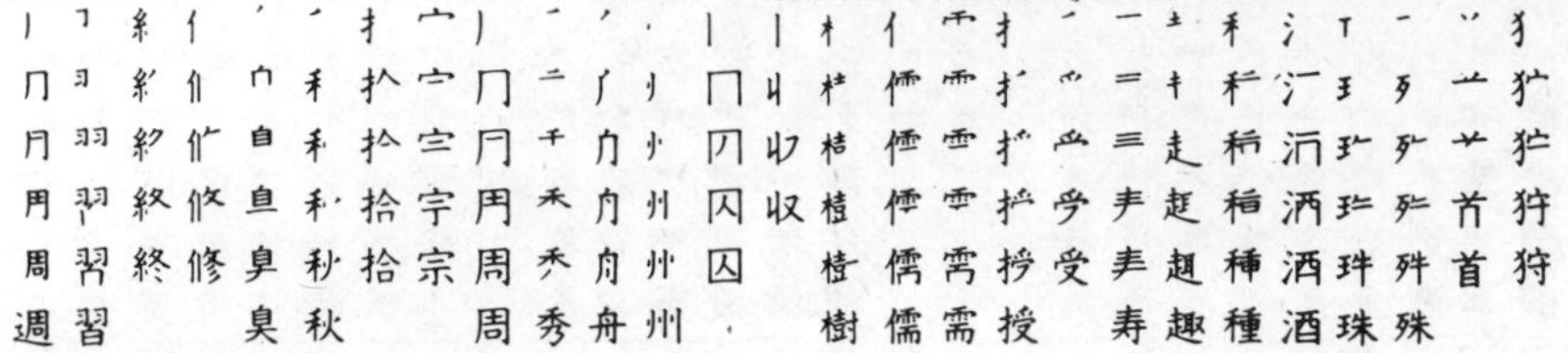

出熟塾縮粛淑宿祝叔縦獣銃渋従重柔住充汁十襲醜酬愁集衆就

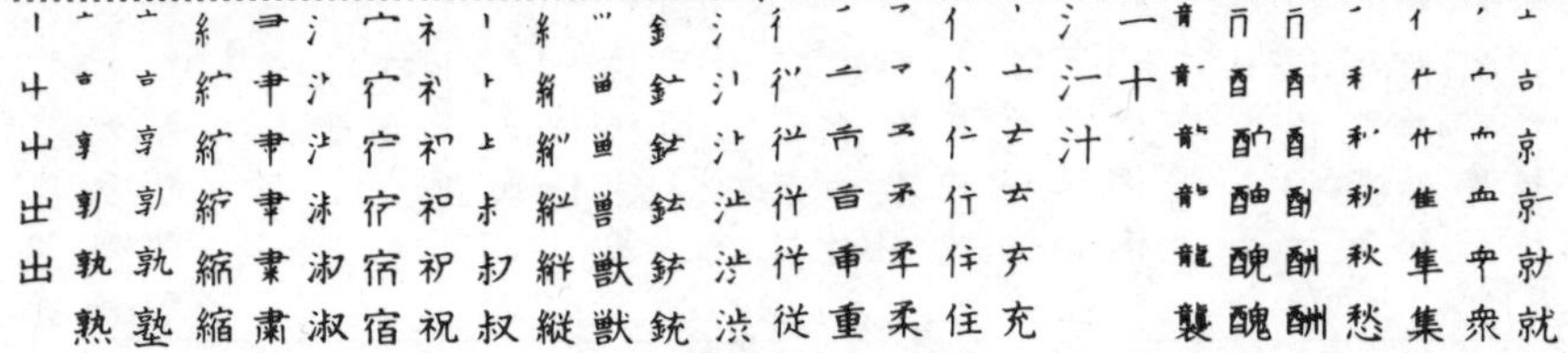

如女諸緒署暑庶書所初処遵潤準順循純殉准盾巡旬瞬春俊術述

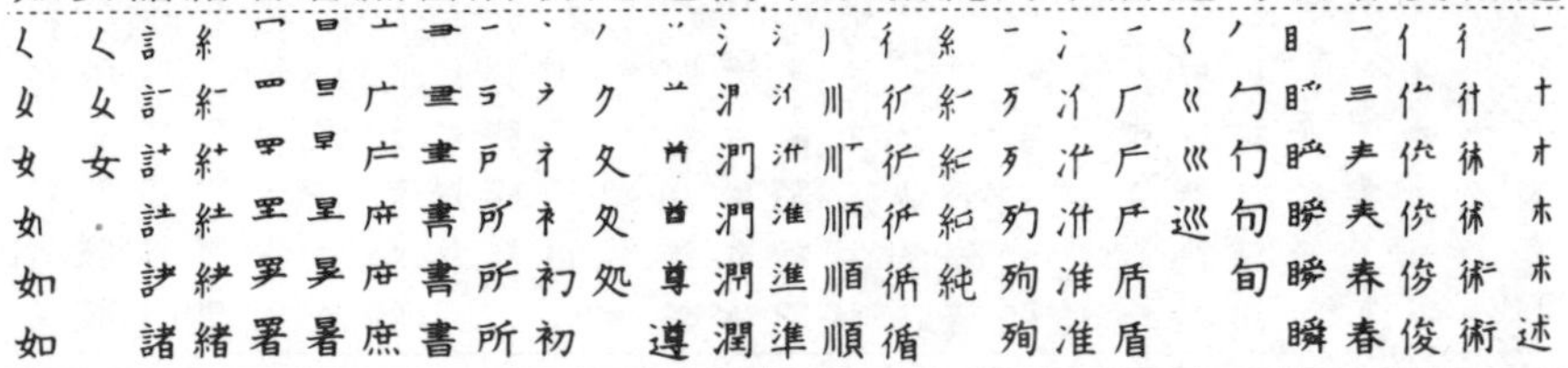

笑称祥症消将宵昭沼松昇承招尚肖抄床匠召少升小除徐叙序助

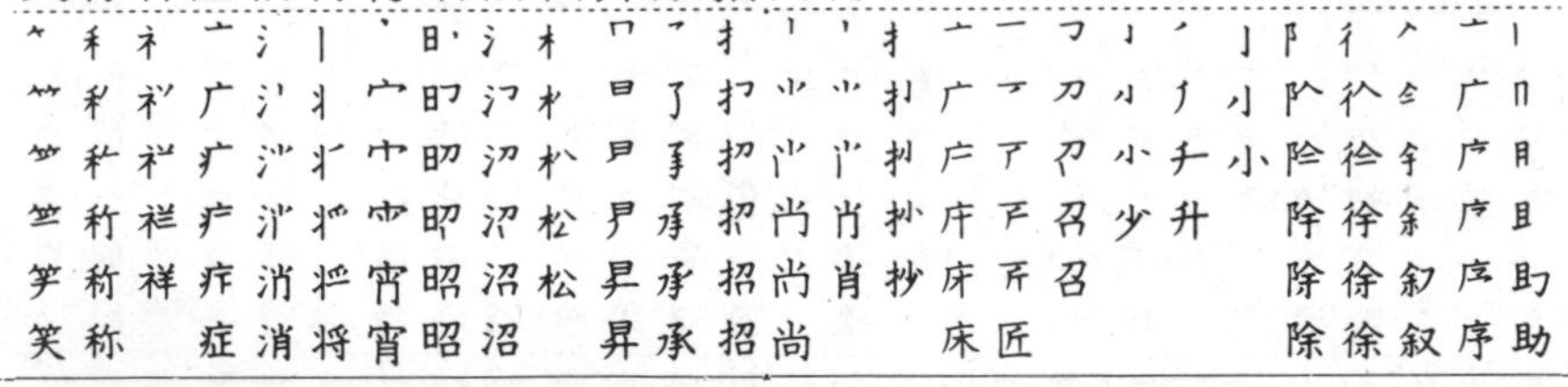

鐘礁償賞衝障彰詳照奨傷象証詔粧硝焦焼晶掌勝訟紹章渉商唱

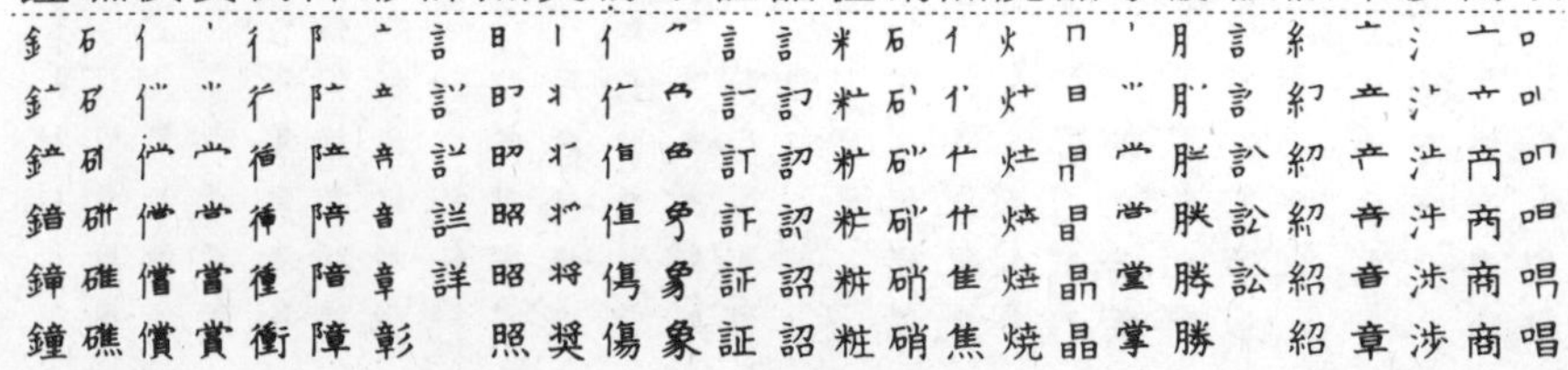

嘱触飾殖植食色醸譲錠嬢壌縄蒸畳場情常剰浄城乗状条冗丈上

新慎寝診森進紳深針真浸振娠唇神津信侵辛身臣伸申心辱職織

錘穂睡遂酔推衰粋帥炊垂吹水図 す 尋陣迅甚尽仁刃人親薪震審

星政斉青性征姓制声西成生正世井是瀬畝 せ 寸杉据数崇枢髄随

責惜席隻析昔赤石斥夕税整請静誓製精誠聖勢晴婿盛清逝省牲

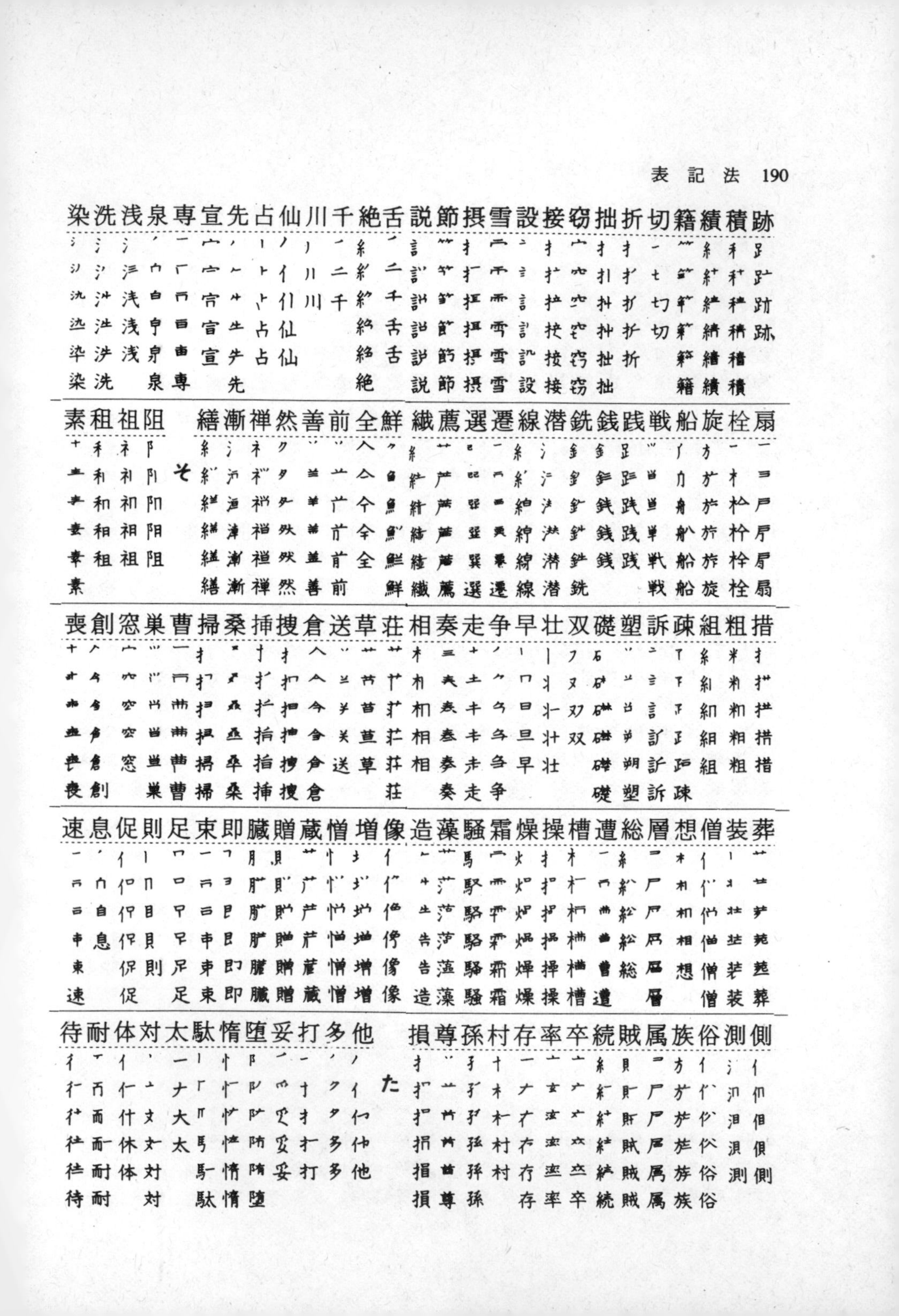

染洗浅泉専宣先占仙川千絶舌説節摂雪設接窃拙折切籍績積跡

素租祖阻 そ 繕漸禅然善前全鮮繊薦選遷線潜銑銭践戦船旋栓扇

喪創窓巣曹掃桑挿捜倉送草荘相奏走争早壮双礎塑訴疎組粗措

速息促則足束即臓贈蔵憎増像造藻騒霜燥操槽遭総層想僧装葬

待耐体対太駄惰堕妥打多他 た 損尊孫村存率卒続賊属族俗測側

濁諾濯託拓卓沢択宅滝題第台代大態滞隊貸替逮袋泰帯退胎怠

地 ち 壇談暖弾断段男団鍛誕端嘆短淡探胆炭単担丹棚奪脱達但

注抽忠宙沖虫仲中嫡着茶窒秩築蓄逐畜竹置稚痴遅致恥値知池

徴跳腸超脹朝鳥頂釣眺彫張帳挑長町兆庁弔丁貯著駐鋳衷柱昼

弟呈低廷 て 坪漬塚痛通墜追 つ 鎮賃陳朕珍沈勅直懲聴調澄潮

鉄哲迭敵適滴摘笛的泥締艇程提堤偵停逓訂庭帝貞亭邸抵底定

刀怒度努奴土塗渡都途徒吐斗 と 電殿伝田転添展点店典天撤徹

等答登痘湯棟搭塔陶盗悼党透討桃島唐凍倒逃到東豆投当灯冬

毒篤徳督得特匿峠導銅働道童堂動胴洞同騰闘謄頭糖踏稲統筒

認忍妊任尿乳入日肉弐尼二 に 難軟南内 な 曇鈍豚屯届突凸読独

は　俳肺背杯拝婆馬覇破派波把

の　濃農脳能納悩

ね　燃粘念年熱寧

肌箱爆縛漠麦薄博舶迫泊拍伯白賠買媒陪培梅倍売輩廃敗排配

範頒煩搬飯販般畔班版板坂判伴帆犯半反閥罰抜伐髪発鉢八畑

ひ　避罷碑費扉悲被秘疲飛卑非肥披彼批否妃皮比

盤蛮番晩藩繁

賓貧浜品猫描病秒苗標漂評票俵表氷百姫筆泌必匹鼻微備美尾

武侮譜賦膚敷腐普富符婦浮赴負附怖府扶布付父夫不　瓶敏頻

ふ

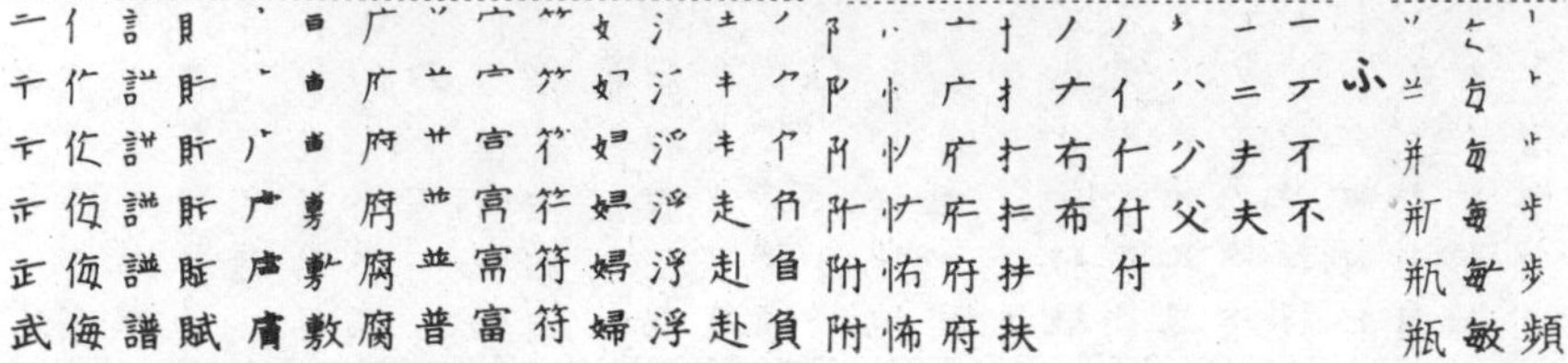

聞文分奮憤墳噴雰紛粉物仏沸払覆複腹福復幅副服伏風封舞部

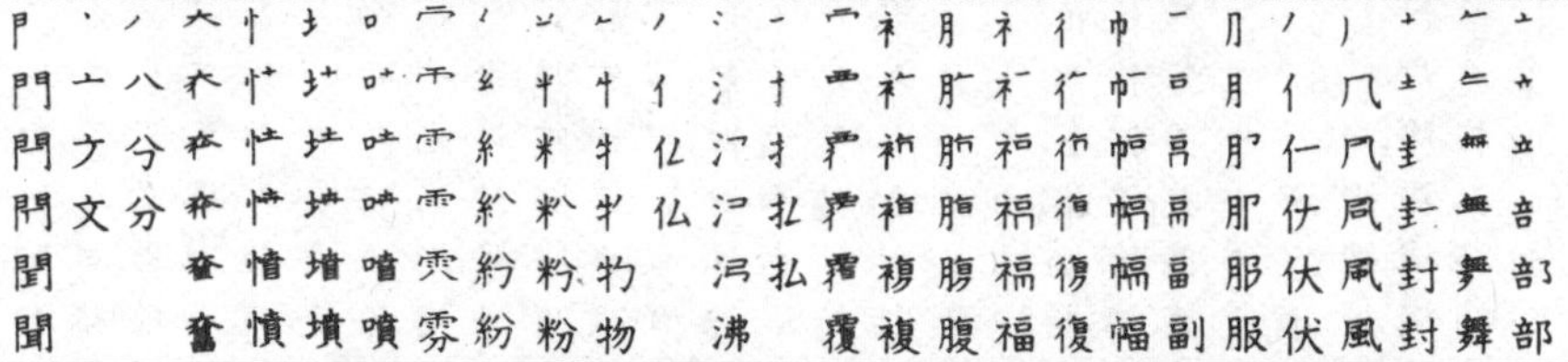

勉便弁編遍偏変返辺片別癖壁米弊幣塀閉陛柄並併兵平丙

へ

峰俸倣胞泡法放抱宝奉邦芳包方簿暮慕墓募母舗補浦捕保歩

ほ

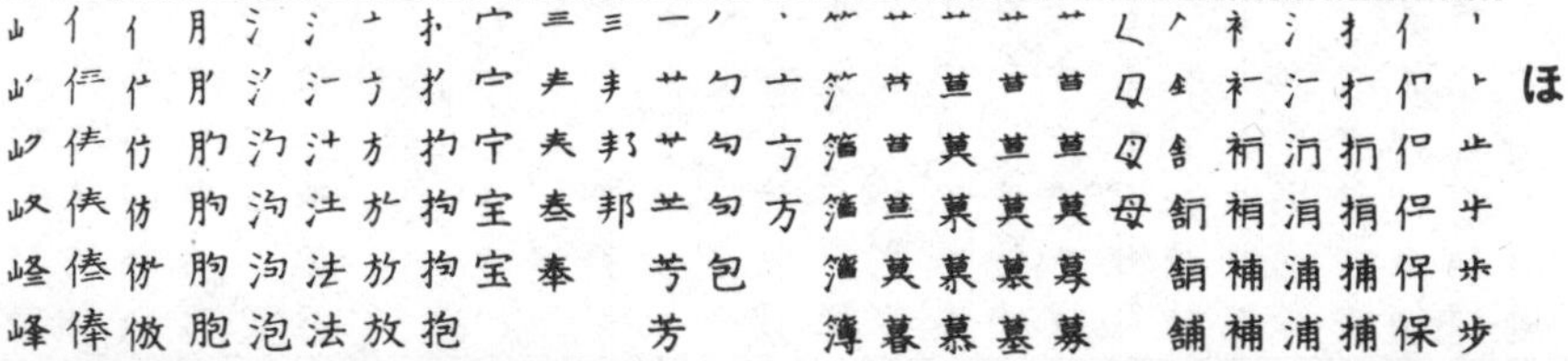

暴貿棒帽傍望紡剖冒某肪房防忘妨坊忙乏亡縫褒飽豊報訪崩砲

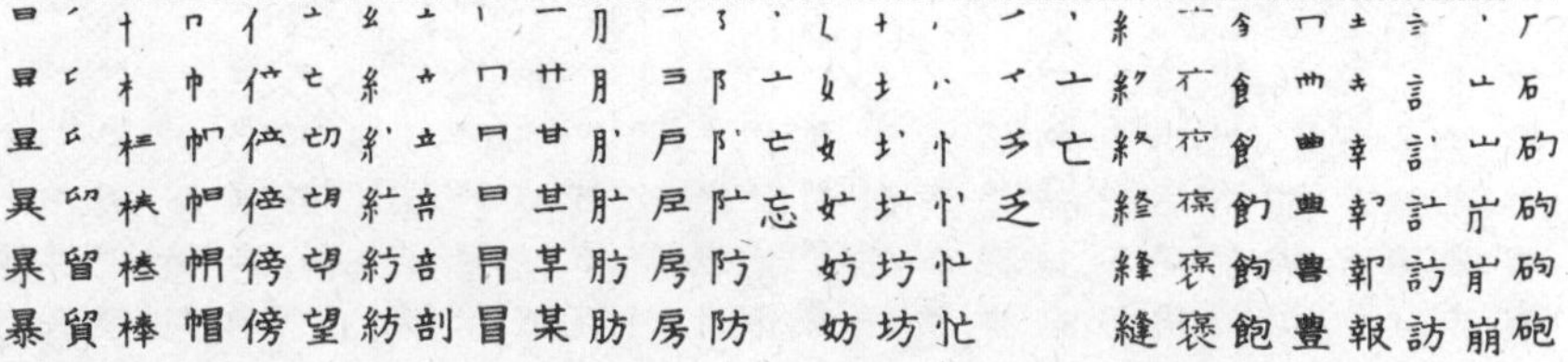

膜幕埋枚妹毎魔磨摩麻　ま　盆凡翻奔本堀没撲墨僕牧朴木北謀膨

命名　め　娘霧夢無務矛　む　眠民妙脈密岬魅味未　み　漫慢満万抹末又

野夜　や　匁問紋門黙目網猛耗盲毛妄模茂　も　綿面免滅鳴銘盟迷明

融憂誘雄遊裕猶郵悠幽勇有友唯癒輸諭愉油由　ゆ　躍薬訳約役厄

曜謡擁養窯踊様腰溶陽葉揺揚庸容要洋羊用幼預誉余予与　よ　優

履裏痢理里利吏 り 欄濫覧卵乱酪落絡頼雷来羅裸 ら 翼翌欲浴抑

療寮領僚量陵猟涼料良両了慮虜旅硫隆粒竜留流柳略律立陸離

麗齢隷霊零鈴例戻励冷礼令 れ 類塁累涙 る 臨隣輪倫厘林緑力糧

浪朗郎労老露腕湾惑枠賄話和路炉 ろ 錬練廉連恋裂烈劣列歴暦

腕湾惑枠賄話和 わ 論録六漏楼廊

七　原稿《げんこう》用紙の使い方

原稿《げんこう》用紙は二百字詰《じづめ》（20字詰《じづめ》×10行）のものと四百字詰《じづめ》（20字詰《じづめ》×20行）のものが一般に市販されている。作文などを原稿《げんこう》用紙に書く場合は縦書きのものを用いるのが普通《ふつう》だが、欧文交《おうぶんま》じりの文章、レポートやレジュメなどは横書き用のものに書くことがある。いずれにしても、次の諸点に注意しながら、例を見て、参考にするとよい。

1　題目（標題）の位置。副題がある場合は、行《ぎょう》を改め、題目より一、二字下げるか、題目の下に書く。
2　自分の名前（作者名・執筆者名《しっぴつしゃ》）の位置。
3　文章の始め、段落の始めは一ます（一字分）あける。
4　「。」（句点）、「、」（読点）、「・」（なかまる・なかぐろ）などの句読点《くとうてん》、「　」（　）などの括弧《かっこ》類のます目の中の位置。
5　漢字、平仮名、片仮名、漢数字（和数字）は一ます一字分である。
6　洋数字（算用数字）は一ますに二字入れる。
7　欧文交《おうぶんま》じりの文章の場合、欧文《おうぶん》の大文字は一ますに一字、小文字は二字入れる。
8　行《ぎょう》の始めに句読点《くとうてん》や受けの括弧《かっこ》（「」」、「）」など）は書かない。行頭《ぎょうとう》にくる句読点《くとうてん》、受けの括弧《かっこ》は前《ぜん》行《ぎょう》末のますの外《そと》か中に書く。
9　起こしの括弧《かっこ》（「「」、「（」など）は行末《ぎょうまつ》に書かない。
10　小さい「っ」「ゃ」「ゅ」「ょ」の位置。
11　繰《く》り返《かえ》し記号は行《ぎょう》の始めには使わない。この場合、前行末《ぎょうまつ》と同じ字を繰《く》り返《かえ》して書く。

原稿《げんこう》用紙は、本来、文字数の計算が簡単にできるように工夫《くふう》されたものである。したがって、わずかな書き足しの場合は行間《ぎょうかん》やます目のまわりの余白を利用すればよいが、書き足しや削除《さくじょ》が多く、読みにくくなった原稿《げんこう》は字数計算が難しく、改めて清書する必要がある。また書き上げた原稿《げんこう》に多くの書き足しを必要とする場合は、別紙に原稿《げんこう》を書き、本文中に挿入《そうにゅう》箇所《かしょ》を明示すればきれいである。その際、追加する原稿《げんこう》が数枚に及《およ》ぶときは、本文に「別紙A

No. 1

私

李 淑禧

・高校に入学した頃位から、よく、他人と自分とを比較したり、また批判したりするようになった。自分が特に優れている訳ではないが、私が行動より思考が先の型のせいか、他人の行動に、すぐには賛成できない。

渋谷や青山の雑踏の中に見られる様な、一見明るい若者達の中には、つかりきれない。私は、この自分が限りない可能性を秘めている時代に、流され、軽く楽しく過ごす事には大きな不安がある。大衆同調主義に半分足をつっこみながら、批判をしている自分である。抱負や計画などは、色々考えて、濃い物を作ったりしても、実際は半分も消化できない。『積極的に行動しなければ、批判ばかりして、自分が学び、発展する事を忘れてしまうのではないか・・・』などと、今日この頃、やっと自分を批判している。

LIFE C150　20×20

五枚入る」といった指示をし、追加原稿《げんこう》に「5—1、5—2、5—3、5—4、5—5」のように、書き加えた原稿《げんこう》枚数を書いておくとよい。

八 手紙・葉書の書き方

一 手紙文

手紙文は、個人的な私信から商業文・公用文まで副広《はばひろ》いものであるが、ここでは日本語学習者が礼を失することなく、安心して日本語で手紙が書けることを眼目《がんもく》として、個人が手紙を交《か》わす場合の一般的な形式を示して置く。手紙文にもそれぞれの社会に固有の作法《さほう》があることを知り、基本形にのっとって書くことによって、スムーズな人間関係を築き、不必要な誤解《ごかい》を避《さ》けることができる。

手紙文の基本の形

(1) 頭語……「拝啓《はいけい》」「謹啓《きんけい》」など、相手に呼び掛ける書き出しの言葉。第一行目の上部に置く。

(2) 本文

1 前文……時候のあいさつを述べ、相手の安否《あんぴ》を問う。次に自分のことも言及《げんきゅう》し、お礼やおわびの言葉などを述べる。

2 主文……手紙の中心部。用件を書く。

3 末文……結びの部分。相手の健康を願う言葉や、家族への伝言などを添《そ》える。

(3) 結語……頭語と対《つい》をなす結びのあいさつ。「敬具」「敬白」など。末文の次の行《ぎょう》の下部に置く。

(4) 後付け

1 日付……(年)月日を本文の上部より少し下げて書く。

2 署名《しょめい》……自分の姓名《せいめい》を本文の下部にそろえて書く。

3 宛名《あてな》……相手の姓名《せいめい》を日付より高い位置に書く。

拝啓(1)

(2)-1 今年の梅雨はぐずつきそうですが、いかがお過ごしですか。こちらは一人暮らしにも慣れて、結構楽しくやっておりますので、ご安心下さい。

(2)-2 昨日、同僚と映画を見に出たついでに、当地の名物、佃煮を少々送りました。日頃何かと送ってもらってばかりですから、時にはこちらからもという次第です。

(2)-3 暑さに向かい、くれぐれもお体を大切に。

敬具(3)

(4)-1 七月十二日

(4)-2 勇三

(4)-3 御両親様

宛名《あてな》の左下に脇付《わきづけ》を書いてもよい。男性なら「机下《きか》」、女性なら「御許《おんもと》に」など。

(5) 添《そ》え文《ぶみ》……書き残したこと、書き足したいことがある場合に、「二伸《にしん》」または「追伸《ついしん》」と書いて、二、三行加える。

以上の基本形は、書き手が男性か女性か、相手が親しい友人か目上かなど、状況《じょうきょう》の差異によって、その適用法が変わってくる。

1 親しい間柄《あいだがら》では、頭語または前文、主文、後付け、だけでよい。

2 面識のない相手や親しくない相手の宛名《あてな》は、姓《せい》（苗字《みょうじ》）のみを書くことが多い。この場合も自分の署名《しょめい》は、フルネームで書くのが丁寧《ていねい》である。

3 宛名《あてな》に添《そ》える敬称は、「様」が一般的であるが、学校の教師や医者、尊敬する相手に対して「先生」を用いる。友人などには「さん」、「君」（男性）、「ちゃん」（年少者）でもよい。「殿《どの》」は固い感じになるので公用文に多い。「御中《おんちゅう》」は個人には用いない。会社、学校など、組織に宛《あ》てる場合に、「上田町中学校　御中」のように書く。

4 頭語と結語は、ふつう次のように用いられる。

往信		頭語	結語
普通《ふつう》の場合	（男）	拝啓、拝呈、啓上	敬具、敬白
	（女）	一筆《いっぴつ》申し上げます	かしこ
改まった時	（男）	謹啓《きんけい》、謹呈《きんてい》、粛啓《しゅくけい》	敬具、敬白、謹白《きんぱく》、頓首《とんしゅ》
	（女）	謹《つつし》んで申し上げます	かしこ

前文省略の場合
(男)……前略、冠省、略啓　草々《そうそう》、不一《ふいつ》、早々《そうそう》
(女)……前略御免下さい　かしこ

急ぎの時
(男)……急白、急呈　早々《そうそう》、草々頓首《そうそうとんしゅ》
(女)……取り急ぎ申し上げます　かしこ

返　信

普通《ふつう》の場合
(男)……拝復、復啓　敬具、敬白
(女)……お手紙拝見いたしました　かしこ

改まった時
(男)……敬復、拝披《はいひ》　謹言《きんげん》、謹白《きんぱく》
(女)……ご芳書《ほうしょ》拝受いたしました　かしこ

5　前文の時候のあいさつに困ったら、次のリストから選んで、「…の候」と始めればよい。

一月＝初春、大寒。　二月＝立春、晩冬。　三月＝早春、春分。　四月＝陽春、桜花。

五月＝若葉、立夏。　六月＝初夏、梅雨。　七月＝盛夏、大暑。　八月＝立秋、残暑。

九月＝初秋、新秋。　十月＝仲秋、紅葉。　十一月＝晩秋、落葉。　十二月＝初冬、師走。


後付けの宛名《あてな》だけが冒頭《ぼうとう》に書かれる場合があるが、これは、(1)親しく相手に呼びかけて書き始めるとき、(2)横書きの場合、そうしないと相手の名前が最後に来て、具合が悪いためである。

二　封筒の書き方

例を見て参考にされたい。さらに、次の点に注意。

1　封筒用脇付《わきづけ》を用いる場合。急ぐ時の「至急」、宛名《あてな》の人物にのみ開封してもらいたい時の「親展」などは、「〇〇様」の左下に添《そ》えて書く。

2　住所が宛名《あてな》人の自宅ではない場合、宛名《あてな》の右肩に「○○様方」と書き入れる。

三　葉書の書き方

例を見て参考にされたい。

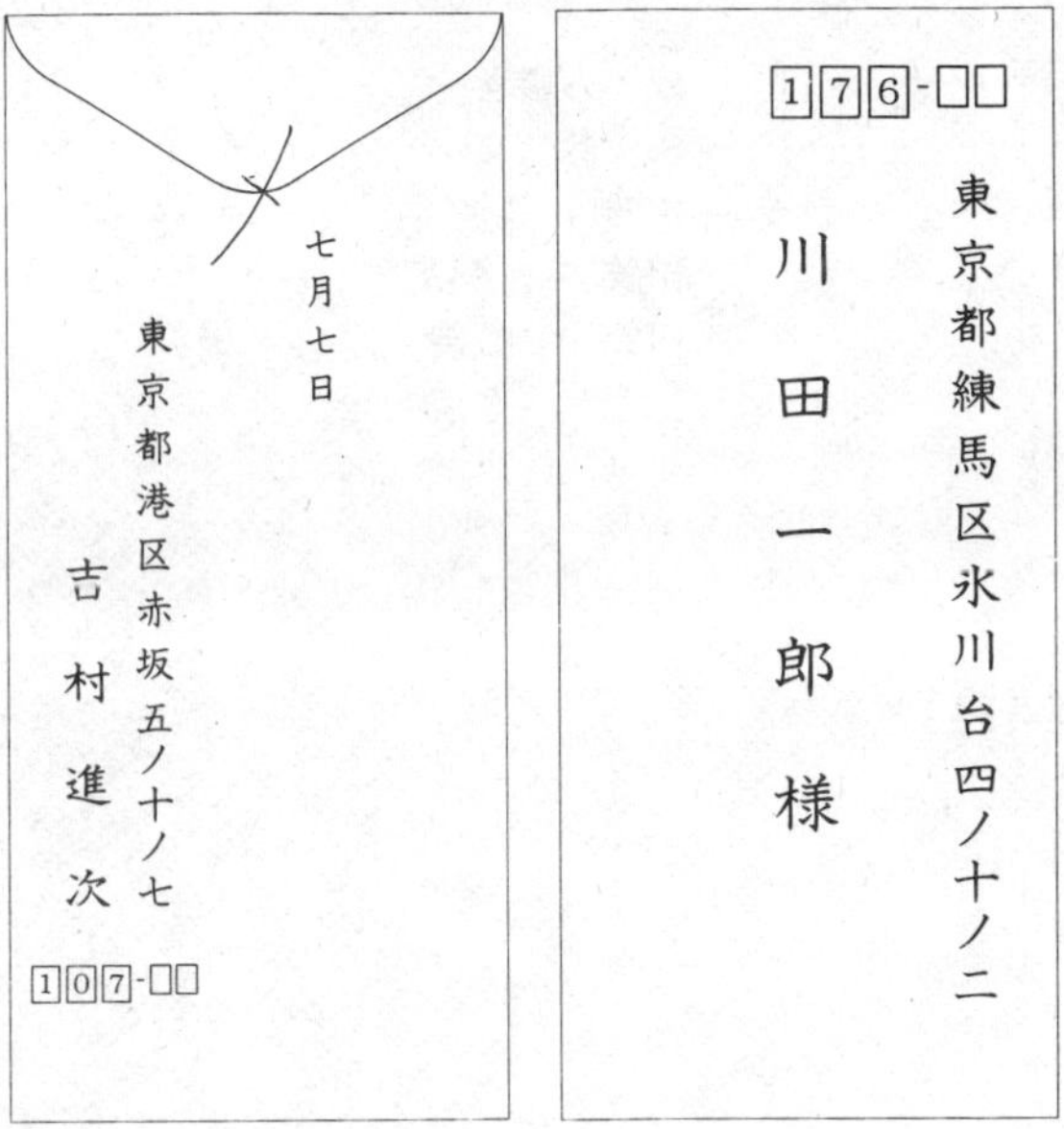

〔封筒の書き方の例〕

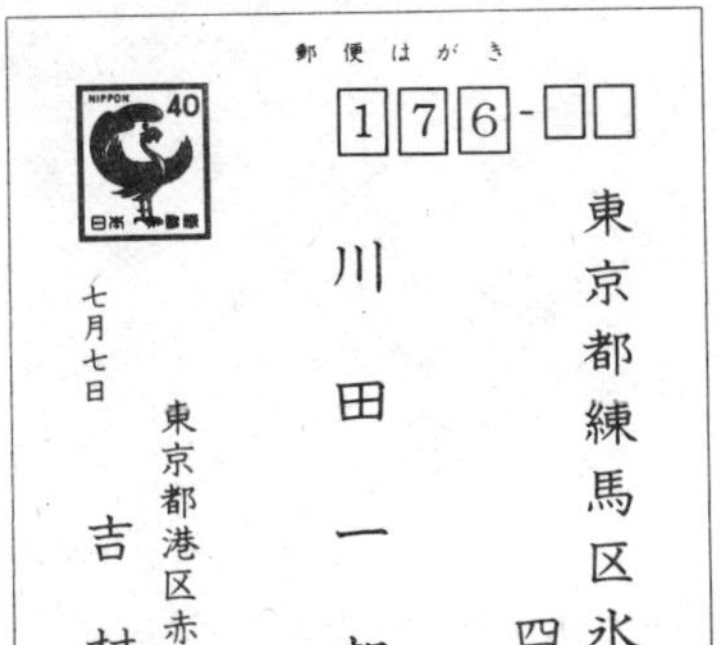

〔葉書の書き方の例〕

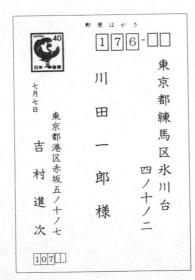

索　引

著者紹介

鈴木順子（すずき・じゅんこ）

1958年青山学院大学文学部英米文学科卒業。現在，上智大学比較文化学部日本語日本文化学科助教授，コロンビア大学，シートンホール大学客員研究員。著書に *2000 Essential Kanji With Examples of Useful Expressions*（研究社出版）がある。

石田敏子（いしだ・としこ）

国際基督教大学語学科卒業。同大学院視聴覚教育学科修士課程修了。スタンフォード，ハーバード，パリ第七大学等で日本語教育，中国，韓国で日本語教師養成に従事。現在，国際基督教大学語学科助教授。著書に『漢字を科学する』（共著，有斐閣），『日本語教授法』（大修館書店），訳書にアール・W・ステヴィック『新しい外国語教育――サイレント・ウェイのすすめ』（アルク）他がある。

外国人のための日本語例文・問題シリーズ11

表記法

昭和六十三年六月三十日　印刷
昭和六十三年七月　五日　初版

著者　鈴木順子　石田敏子
発行者　荒竹勉
印刷／製本　中央精版印刷
発行所　荒竹出版株式会社
東京都千代田区神田神保町二―四〇
郵便番号一〇一
電話　〇三―二六二―〇二〇二
振替（東京）二―一六七一八七
（乱丁・落丁本はお取替えいたします）
ISBN4-87043-211-0　C3081

定価1,800円

外国人のための日本語
例文・問題シリーズ11

『表記法』練習問題解答

第一章　日本の文字の特色

〔一〕 1（郵便は）八月四日までに必ず着かなければならない。2 一年中休み無し。いつでも開《あ》いている。3 体の温度を計る。4 水の力を使って電気を作る。5 オートマチック（または、オートマティック）の車。6 自宅まで配達してくれる（持ってきてくれる）方法。7 水をまく機械。8 オリンピック大会。9 国の税金を取《と》り扱《あつか》う役所。10 前の年に比べて十六％減った。

〔二〕の㈠ 一 1 字体 2 字体 3 書体 4 書体 5 字体 二 1 母は、私に正しい日本語を話すよう、教えた。2 紅茶と日本茶と、どちらの方がお好きですか。3 大きいのも小さいのも、とても高くて買えません。

〔二〕の㈡の2 一 1 トンビ、タカ 2 キツネ、タヌキ 3 クローバー、チョウ、トンボ 4 テーブル、ナイフ、スプーン 5 イギリス、ピアニスト 6 ペニシリン、ショック 7 キャンキャン 8 ホテル、ピンポン 9 パン、フランスパン、ジャム 二 1 ドライバー 2 フェンダー 3 フリンジ 4 トライアングル 5 ティーパーティー 6 ハンドブック 7 ビニール 8 シート 9 ジャンル 10 ウォッチ

〔二〕の㈡の3 一 1 二人《ふたり》連《づ》れ 2 氷水《こおりみず》 3 一《いっ》匹狼《ぴきおおかみ》 4 肝《きも》っ玉母《たまかあ》さん 5 身近《みぢか》なこと 6 遠《とお》い国《くに》 7 お姉《ねえ》さんの時計《とけい》 8 公共料金《こうきょうりょうきん》 9 三日坊主《みっかぼうず》 10 三日月《みかづき》 11 大男《おおおとこ》 12 雨続《あめつづ》き 13 郵便小包《ゆうびんこづつ》み 14 大通《おおどお》り 15 十月十日《とつきとおか》 16 級友《きゅうゆう》 17 旧正月《きゅうしょうがつ》 18 仮名遣《かなづか》い 19 百十番《ひゃくとおばん》 20 小《ちい》さい 21 受付《うけつけ》 22 植木《うえき》 23 字引《じびき》 24 物《もの》語《がたり》 25 場合《ばあい》 26 書留《かきとめ》 27 切手《きって》 28 消印《けしいん》 29 両替《りょうがえ》 30 立場《たちば》 二 1 休み休み、ゆっくり行きましょう。2 これはこれは、お久しぶりですねえ。3 どこへ行っても、あなたのことを聞かれましたよ。4 しっかり勉強したから、かなりよく分かってきました。5 お金はないけれど、いい友人があるから、わたしは満足です。6 すっかりど忘れしてしまって。ああ、悔《くや》しい。7 それはどういう意味か、あそこにいる日本人に聞いてみて下さい。8 ご立派な

お子さんがいらして、奥《おく》さまはお幸せね。9 たばこの煙《けむり》が煙《けむ》いから、外《ほか》の席へ移ろう。10 そんな話は、今時間がないので、あとで話してもらいたいんです。11 あそこへは歩いて行った方がずっと早いよ、夕方《ゆうがた》は道が込《こ》んでくるからね。

第二章　漢字のいろいろ

〔一〕の(一)(二)　a 象形＝犬、耳、衣、雨、車、炎、目、人、両（はかりのおもりの形）、平（水面に浮《う》かんだ葉）、戸（左右対称に並《なら》べると門になる。門のとびらの半分）　b 指事＝末（先端を表す）、小（小さい三点で物の細かいことを示した）、甘（甘は口、一は物を示す。口中で味わう物→おいしい物）、朱（木の中央に一を加え、木の中心の意。そこは赤い）　c 会意＝鳴（口＋鳥）、取（耳＋又(手)）、林（木＋木）、京（山の上に家がある様子《ようす》。古代には山の中心に神をまつったことから、国の中心地の意）、保（人が子を負《お》っている様子《ようす》→守る、育てる）、内（屋＋人、入り口、入れること→うち、なか）、安（女が家（宀）の中に静かに座っている様子《ようす》→静か、安らか）、廿（十＋十）、本（木の下の部分）、男（田＋力）、岩（山＋石）　d 形声＝症（正が音《おん》を表す。广は病気に関係のあることを示す）、校（交が音《おん》を表す。まじわるの意）、近（斤が音《おん》を表す。⻌は道の意）、固（古が音《おん》を表す。囗は四方の垣根《かきね》の意）、河（可が音《おん》を表す。氵は水の意）、江（工が音《おん》を表す。水流の大きい様子《ようす》）　e 国字＝峠（山道の上りから下りに変わる地点）、込（入ると⻌（すすむ）で「はいりこむ」の意）、鰯（水から出るとすぐに死ぬ弱い魚）

〔一〕の(三)　一　1 役　2 進　3 清　4 裕　5 則　6 軍　7 庫　8 陣　9 霜　10 盤　11 四　12 衝　13 匿　14 症　15 超　16 照　17 袋　18 思　19 登　20 草　二　1 くにがまえ。国、圏、回など。2 かんむり。草、冠、発など。3 あし。兄、夏など。4 つくり。杉、即、利など。5 にょう。進、超、延など。6 へん。仮、往、海など。7 かまえ。包、気、国など。

〔一〕の(四)

一

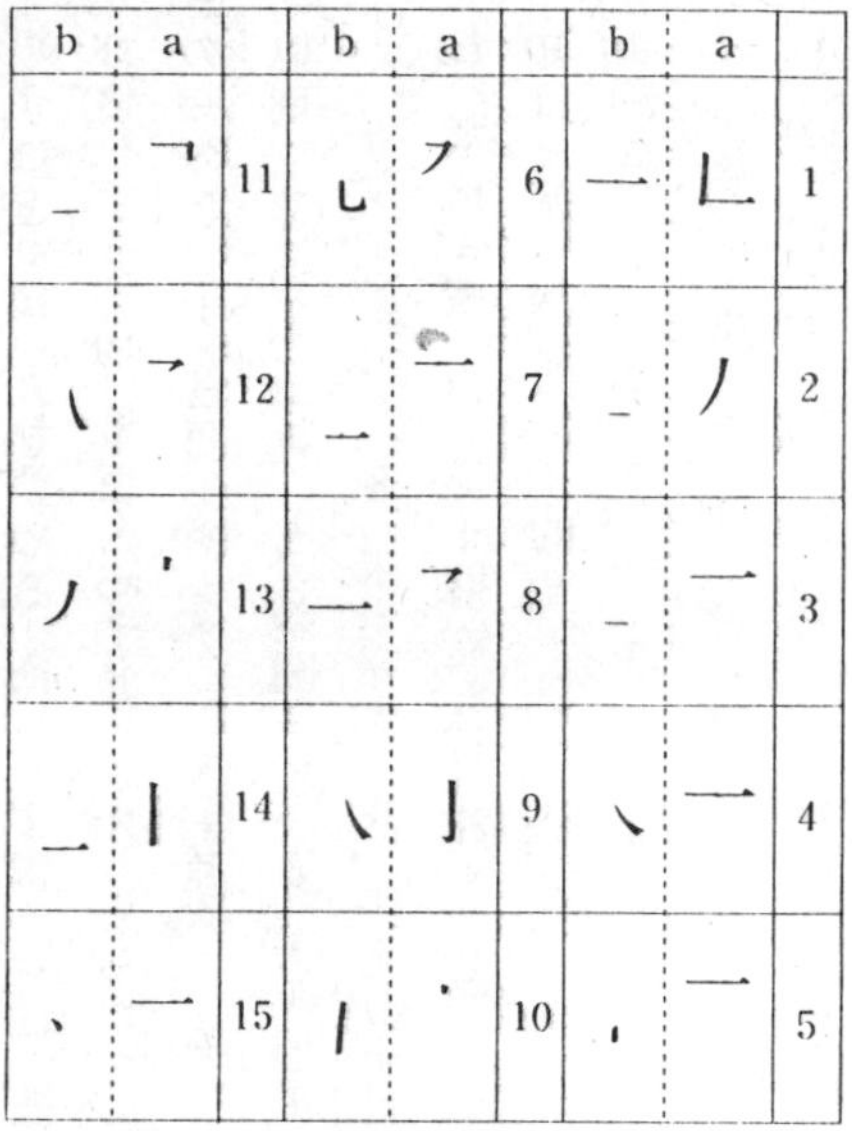

二

〔二〕の(二)(三)(四)

一　1 会、合、遭。2 著、表、現。3 打、討、撃。4 挙、上、揚。5 建、立、裁。6 写、移、映。7 冒、犯、侵。8 開、明、空。9 溶、解、説。10 登、上、昇。

二　1 アツイ　2 アライ　3 カタイ　4 タットイ、または、トウトイ　5 ナガイ　6 ハヤイ　7 ヨイ　8 ヤワラカイ　9 アタタカイ　10 ナイ

三　1 あしあと、ソクセキ　2 いち、シ　3 コウば、コウジョウ　4 コウフ、クフウ　5 ヒョウ、あらわ　6 ゴ、あと　7 かた、ホウ　8 ひとめ、イチモク　9 イチニチ、ついたち　10 イチガツ、ひとつき　11 ひとあし、イッソク　12 キン、かね

四　1 (3)　2 (2)　3 (3)　4 (4)　5 (1)　6 (4)　7 (2)　8 (1)　9 (1)　10 (3)

五　1 さつき、ここち　2 とえはたえ　3 かわせ、まっさお　4 まいご、まっか　5 やおや、くだもの　6 おとな、いくじ　7 もより　8 ともだち、なごり　9 ふぶき、ゆくえ　10 もめん、ゆかた

六　1 フランス、インド　2 西ヨーロッパ　3 日本、アメリカ　4 フィリピン

5 日本、オーストラリア　6 南ヨーロッパ　7 イギリス　8 日本、中国　9 西ドイツ　10 イタリア、アメリカ　11 韓国《かんこく》　12 イギリス、フランス　13 アメリカ、カナダ　14 ロシア　15 ポルトガル　16 オランダ

〔三〕の㈠の1　1 助ける（意味の二字）　2 頭が痛い　3 貧しさと富　4 公の　5 後ろに退く　6 知識が無い　7 賞と罰　8 返す　9 急に変わる　10 よい作品　11 生命をまもる　12 アカとシロ　13 小さい子　14 年ごとに　15 罪を犯すこと　16 火を鎮《しず》める　17 必ず勝つ　18 滅びてしまう　19 車をとめておく　20 あちこち

〔三〕の㈠の2　1 言語＋学　2 収入＋源　3 大＋原則　4 急＋上昇　5 新開＋地　6 天＋地＋人　7 不＋平等　8 未＋完成　9 年＋月＋日　10 無尽＋蔵　11 全＋財産　12 超＋特価　13 知日＋派　14 親米＋的

〔三〕の㈠の3　1 (7)　2 (2)　3 (1)　4 (6)　5 (4)　6 (5)　7 (2)　8 (1)　9 (5)　10 (4)　11 (3)　12 (7)　13 (6)　14 (2)　15 (3)　16 (4)　17 (7)　18 (5)　19 (1)　20 (1)　21 (2)　22 (2)　23 (4)　24 (2)　25 (7)　26 (5)　27 (4)　28 (3)　29 (2)　30 (2)　31 (5) または (6)　32 (4)　33 (7)　34 (3)　35 (6)

〔三〕の㈠の4　1 非常に、たくさん、という意味。　2 ほんの少し、という意味。

〔三〕の㈠の5　1 いつも対立している両派が同一行動をとる。　2 両者は本質的に違《ちが》わない。　3 敵に囲まれている。　4 とことん、絶対に許さない。　5 無関係だと思う。知らぬ顔をする。　6 得意の絶頂。大喜び。

〔三〕の㈠の6　1 ｛（国際＋交流）＋推進｝＋団体　2 （長野＋県）＋（南安曇＋郡）＋（穂高＋町）＋（十＋番地）　3 ｛（国語＋審議会）＋（漢字＋部会）｝＋作成　4 ｛（対＋共産圏）＋（輸出＋統制）｝＋委員会　5 ｛（規則＋違反）＋（再発＋防止）｝＋策

〔三〕の㈡の2　1 無　2 両　3 片　4 未　5 新　6 旧　7 内　8 上　9 外　10 中

第三章　辞書について

〔一〕〔二〕〔三〕、一　4の調べ方。字引によって、「へえじょお」または「へーじょー」と出ているかもし

れない。「うんこお」または「うんこー」となっているかもしれない。「平常」のところに「〜運行」がなければ、別に「運行」を調べる。 5 の調べ方。「しゅうがくりょこお」または「しゅーがくりょこー」でさがす字引もある。 **四** 1「生地」は、「せいち」か「きじ」かで、意味が違《ちが》うことが分かる。 2「後輩」こうはい・後から生まれたもの、あとから進む人。 3「商店」しょうてん・品物を売るみせ。 4「画」は八画。ガ、カク・区切る、はかる、えがく、漢字の点や線を数える語。 5「例題」れいだい・例として出す問題。 6「筆」たけかんむり。ヒツ、ふで。字を書くのに用いる動物の毛を束《たば》ねたもの。 **五** 1 一画 2・3・4 二画 5 四画 6 三画 7・8 四画 9 二画 10 五画または四画 11 四画 12 五画 13 四画 14 三画 15 七画 16・17 三画 18 五画 19・20 三画 21 五画 22 六画 23 三画 24 七画 25 四画 26 四画 27 五画 28・29 四画 30 五画 31 六画。書くときは、七画で。 32 六画 33 七画 34 七画 35 八画 36・37 十画 38 十一画 39 七画または六画（阝を二画として） **六** 1 土 2 一 3 川 4 戸 5 大（Nは一も） 6 方 7 又 8 手 9 口 10 火 11 口 12 牛 13 口 14 雨 15 土 16 車 17 大 18 山 19 彳 20 工 21 宀 22 日 23 石 24 木 25 走 26 欠 27 赤 28 止 29 長 30 犬 31 疒 32 殳 33 禾 34 高 35 犬 36 自 37 艹 38 言 39 木

第四章 総合問題

一 片仮名練習 1 (1) カード (2) ハート (3) カット (4) エンジン (5) オーダー (6) オートマチック（オートマティック） (7) キー (8) ケーキ (9) エチケット (10) コーヒー (11) サンフランシスコ (12) ユースホステル (13) スローテンポ (14) トライ (15) テント (16) ニーズ (17) ヌード (18) キニーネ (19) フランス (20) ホープ (21) ファン (22) フィーバー (23) フェース (24) フォロー (25) マナー (26) ヒート (27) フィート (28) モデル (29) モード (30) ハネムーン (31) ヤング (32) ヨット (33) レール (34) ワゴン (35)

キーウィ(ー) (36)ウォッチ (37)ギャング (38)バイブル (39)ビデオ (40)ピース (41)ポスト (42)キャッシュ (43)キューピッド (44)シューズ (45)ショッピング (46)チューインガム (47)チョーク (48)チャンス (49)ニュース (50)スクリュー (51)ジェスチャー (52)ギター

2 (1) doughnut (2) transit (3) fork または folk (4) level (5) total (6) one, two, three (7) suit-case (8) curve (9) tube (10) film (11) weekend (12) switch (13) hotdog (14) credit (15) knife (16) service (17) sample (18) Europe tour (19) cable car (20) corner (21) tulip (22) finger (23) pen friend (24) match (25) apple juice (26) building (27) focus (28) volume

3 (1) アルゼンチン (2) デンマーク (3) ギリシャ (4) ジャマイカ (5) モナコ (6) ポルトガル (7) トルコ (8) 西ドイツ (9) ブラジル (10) エジプト (11) ハンガリー (12) ケニア (13) ノルウェー (14) ルーマニア

二 数字の使い方 (1) 1567年11月15日、千五百六十七年十一月十五日、一五六七年十一月十五日 (2) 1234年8月30日、千二百三十四年八月三十日、一二三四年八月三十日 (3) 1432年5月5日、千四百三十二年五月五日、一四三二年五月五日

三 平仮名練習 1 きのうは ひどい しっぱい を して はずかしかった。 2 けんぽう に もとづいて じんけん を まもる。 3 おおきい みずたまり が すこしずつ ちいさく なっていく。 4 おおやけ の せき では きんちょう する ひと が おおい。 5 おおかみ の とおぼえ を きいて ちぢみあがる。

四 繰《く》り返《かえ》し符号《ふごう》の使い方 2 唯々諾々 3 威風堂々 5 筋骨隆々 7 津々浦々 8 世界の国々 9 村の人々

五 画数《かくすう》の数え方 1 二画 2 五画 3 七画 4 九画 5 六画 6 四画 7 八画 8 九画 9 三画 10 六画 11 八画 12 十一画 13 三画 14 七画 15 九画 16 十画 17 三画 18 三画 19 十一画 20 一画

六 筆順《ひつじゅん》の問題 1 真、参、急 2 側、州、徹

3 圏、回、国 4 周、間、句 5 延、進、建
6 題、越、勉 7 小、承、水 8 女、事、母
9 士、土、十

七 音訓の読み分け 1 しじょう 2 いちば
3 たいか 4 おおや 5 まつご 6 まっき
7 おと 8 ね 9 みょうだい 10 なだい
11 きょう 12 こんにち 13 おおぜい 14 た
いせい 15 こうよう 16 もみじ、こうよう
17 きよみず 18 しみず 19 ついたち 20 い
ちにち 21 いちにん 22 ひとり 23 かみて、
しもて 24 じょうず、へた 25 はくはつ 26
しらが、しらが 27 あす、きのう、きょう 28
さくじつ、みょうにち

八 特殊《とくしゅ》な音訓の語 1 (1) しわす (2) やまい
(3) こんりゅう (4) しょうじん (5) とこなつ
(6) ろくしょう (7) なっとく (8) のりと (9)
のら (10) ゆかた (11) しない (12) やまと (13)
さみせん、又《また》は、しゃみせん (14) かぐら (15)
うなばら (16) るざい (17) ざこ (18) だし (19)
うわき (20) なごり (21) はたち (22) なこうど
(23) やおや (24) もみじ、こうよう (25) けいだい、
(26) たなばた (27) いなか (28) とえはたえ (29)
よせ (30) どしゃ (31) うば (32) かわら (33) め
がね (34) むすこ (35) さみだれ (36) すきや (37)
じゃり (38) ゆくえ (39) しみず (40) の (41) し
ぐれ (42) ついしょう (43) すいとう (44) なや
(45) おしょう、きょうもん (46) ゆいのう (47) し
いか (48) げし (49) そうさい、又《また》は、そうさつ
(50) ひさめ (51) にが (52) つきやま (53) いっし
(54) しら (55) けびょう (56) かいどう (57) くな
いちょう (58) むなさわ (59) しんく (60) こがね
いろ (61) かっせん (62) さらいげつ (63) せいぼ
(64) せっしょう (65) しょうにか (66) なのか (67)
ろうにゃくなんにょ (68) たづな (69) そうじ
(70) だんじき (71) てんじょう (72) こわいろ (73)
じょうみゃく (74) ふしん (75) こんじゃく (76)
いっさい (77) ふとん (78) でし (79) あま(の)が
わ (80) したく (81) なんど (82) くとうてん (83)
なっとう (84) ひょうし (85) ようか (86) なわし
ろ (87) ばくろ (88) こかげ (89) めんもく、又《また》は、
めんぼく (90) とんや (91) ひろうえん (92) むい
か (93) かし (94) おもや (95) かや (96) しろう

と、くろうと (97)けしき (98)ここち (99)しば ふ (100)しらが (101)すもう (102)ついたち (103)つゆ (104)はかせ、又《また》は、はくし (105)ふぶき (106)まいご (107)もめん

2 (1)海女 (2)意気地 (3)笑顔 (4)風下 (5)河川 (6)為替 (7)機嫌 (8)懸念 (9)兄弟 (10)五月晴れ (11)献立 (12)法度 (13)財布 (14)精進 (15)素人、玄人 (16)通夜 (17)雪崩 (18)日向、布団 (19)土産、足袋 (20)吹雪、風情 (21)目深 (22)繁盛 (23)遊説 (24)留守、最寄り

九 同訓異字の語

1 (1)誤って (2)合わせて (3)傷み (4)要る (5)生んだ (6)後れない (7)抑えて (8)納める (9)乾いて (10)探して (11)指して (12)備えて (13)治す (14)臨む (15)謀った (16)破れて (17)奮って (18)極めて

2 (1)合、会、遭 (2)明、空、開 (3)上、揚、挙 (4)暖、温 (5)暑、熱、厚 (6)跡、後 (7)誤、謝 (8)表、現、著 (9)合、併 (10)痛、傷、悼 (11)入、居、要 (12)打、撃、討 (13)写、映、移 (14)犯、冒 (15)送、贈 (16)納、治、修、収 (17)押、推 (18)踊、躍 (19)表、面 (20)降、下 (21)変、換、替、代 (22)掛、架 (23)陰、影 (24)堅、固、硬 (25)乾、渇 (26)聞、聴 (27)効、利 (28)捜、探 (29)差、指、刺 (30)覚、冷 (31)静、鎮、沈 (32)締、絞、閉、占、湿 (33)進、勧 (34)沿、添 (35)備、供 (36)尋、訪 (37)戦、闘 (38)裁、絶、断 (39)玉、球、弾 (40)付、着、就 (41)次、継、接 (42)勤、務、努 (43)解、溶 (44)整、調 (45)飛、跳 (46)取、採、捕、撮、執 (47)亡、無 (48)長、永 (49)習、倣 (50)乗、載 (51)伸、延 (52)登、上、昇 (53)計、測、量 (54)謀、図 (55)始、始、初 (56)火、灯 (57)引、弾 (58)殖、増 (59)吹、噴 (60)見、診 (61)下、元、基 (62)破、敗 (63)易、優 (64)良、善 (65)別、分 (66)患、煩

一〇 同音異義語

1 (1)異存 (2)意思 (3)関心 (4)窮迫 (5)糾明 (6)抱負 (7)本位 (8)保証 (9)形成 (10)交歓 (11)精算 (12)体面 (13)必死 (14)浮動 (15)甘言 (16)慎重 (17)要員 (18)強調

2 (1)意向 (2)遺稿 (3)解雇 (4)回顧 (5)鑑賞 (6)干渉 (7)肝要 (8)寛容 (9)矯正 (10)

強制 (11)操作 (12)捜査 (13)繁栄 (14)反映 (15)養成、要請

3

(1)愛称、愛唱、相性 (2)異義、異議、意義、威儀 (3)悪漢、圧巻 (4)以外、意外 (5)意向、以降 (6)意思、意志、医師、遺志 (7)異常、異状、以上 (8)発、髪 (9)異同、移動、異動 (10)維新、威信 (11)威勢、異性 (12)以前、依然 (13)異存、依存 (14)演技、縁起 (15)演壇、縁談 (16)皆勤、開襟、解禁 (17)快晴、改正 (18)改装、回想、海藻、回送、階層 (19)改定、改訂 (20)回答、解答、解凍 (21)解放、開放、会報、介抱、快方 (22)革新、確信、核心 (23)合掌、合唱 (24)過程、課程、仮定、家庭 (25)鑑賞、観賞、干渉、感傷 (26)関心、感心 (27)閑静、歓声、完成、管制、感性 (28)肝要、寛容、観葉 (29)気化、帰化、幾何 (30)帰郷、帰京 (31)紀行、起工、寄稿、気候、機構、寄港、帰港 (32)起床、気性、希少、気象 (33)基地、機知、既知 (34)強行、強硬 (35)競争、競走 (36)強調、協調 (37)健闘、検討、見当 (38)好意、厚意、行為 (39)航海、後悔、公開 (40)高官、交換、好感 (41)行使、公使、講師、公私 (42)公表、好評 (43)拘留、交流 (44)最後、最期 (45)視覚、四角、資格、死角 (46)支給、至急 (47)時季、時期、時機 (48)時候、時効、事項 (49)実体、実態 (50)字典、事典、辞典 (51)修了、終了 (52)主旨、趣旨 (53)紹介、照会、商会 (54)食糧、食料 (55)深長、慎重、身長、新調 (56)浸入、侵入、進入 (57)針路、進路 (58)正常、政情 (59)総意、相違 (60)成算、清算、精算、生産 (61)生長、成長 (62)聴講、兆候 (63)対象、対照、対称、大正、大将、大勝 (64)大勢、体制、態勢 (65)追及、追究、追求 (66)定食、定職 (67)適格、的確、適確 (68)適性、適正 (69)転嫁、点火、天下、添加 (70)闘志、闘士、投資 (71)同士、同志、動詞 (72)特徴、特長 (73)反抗、犯行 (74)必至、必死 (75)普及、不休、不朽 (76)符号、符合、富豪 (77)憤然、奮然 (78)平行、並行、平衡、閉口 (79)返信、変身 (80)保険、保健 (81)保証、保障、補償 (82)防寒、傍観、暴漢 (83)法規、放棄 (84)歩道、補導 (85)無常、無情 (86)明記、銘記 (87)明言、名言 (88)

夕刊、勇敢

一四 辞典の使い方練習

1 (1) 国語辞典 (2)・(3)・(4) 漢字辞典 (5) 国語辞典 (6) 国語辞典（「広辞苑」） (7) 擬音語・擬態語辞典 (8) アクセント辞典 (9) 国語辞典 (10) ことわざ辞典 (11)・(12) 国語辞典 (13) 漢字辞典 (14) 国語辞典 (15) 漢字辞典 (16) ことわざ辞典 (17) アクセント辞典 (18)・(19) 漢字辞典 (20) 用例国語辞典

2 (1) 一 (2) 一 (3) 十 (4) ノ (5) 丶 (6) 七 (7) 巾 (8) 子 (9) 刀 (10) 口 (11) 灬 (12) 手 (13) 木 (14) 目 (15) 刂 (16) 月 (17) 木 (18) 馬 (19) 鼻 (20) 寸 (21) 爿 (22) 欠 (23) 飛 (24) 亠 (25) 耂 (26) 又 (27) 木 (28) 二 (29) E (30) 酉

3 (1) 二画 (2) 二画 (3) 三画 (4) 四画 (5) 四画 (6) 五画 (7) 五画 (8) 七画 (9) 五画 (10) 五画 (11) 十一画 (12) 十一画 (13) 九画 (14) 五画 (15) 十二画 (16) 二十画 (17) 二十三画 (18) 十五画 (19) 十一画 (20) 七画 (21) 五画 (22) 七画 (23) 四画 (24) 六画 (25) 七画 (26) 八画 (27) 十画 (28) 十六画 (29) 二十一画 (30) 九画

5 （辞書によって説明は少し異なる場合がある。ここでは、主として藤堂明保編「例解学習漢字辞典」小学館 によった。） (1) 婦＝「箒《ほうき》」と「女」を合わせたもの。家の中のことをする女の人。 (2) 威＝「戈《ほこ》」と「女」を合わせた字。もと一家の権力を握《にぎ》っている女、姑《しゅうとめ》（夫の母）のこと。 (3) 突＝「穴」から「犬」が跳《と》び出す。 (4) 果＝木の上に丸い実がついている様子《ようす》を表す。 (5) 見＝「目」と「人」を合わせたもの。 (6) 西＝ざるやかごを表した字。ざるに水を入れてもなくなってしまう。日光や昼間の暖かさがなくなる方向。 (7) 文＝昔の土で作った器《うつわ》にかかれた模様。 (8) 字＝「宀」（やね）の下で「子」がふえる。字もつぎつぎとふえる。 (9) 今＝「八」（ふたをする）と「一」（もの）を合わせた字。物を押さえてふたをすること時間をおさえて止めることから「いま」の意味になった。 (10) 困＝「木」を「口」（かこい）の中に入れて動けなくすること。動けなくてこまるの意味。 (11) 連＝「車」と「辶」（すすむ）。沢山《たくさん》の車が続いて進むことを表す。 (12) 明＝「日」と「月」を合わせると明るい。 (13) 清＝「青」（きれいにすきとおっている）「氵」（水）。⒁劣＝「少ない」と「力」（ちから）を合わせた字。力が少ない、他と比べると弱いの意味。⒂意＝「音」（おと）と「心」（こころ）を合わせた字。音に出さないで心の中で思うこと。⒃行＝十字路を描いたもの。いく、すすむ。⒄炎＝火がさかんにもえる様子。⒅甘＝「口」の中に「食べ物」が入っている様子《ようす》。おいしい、甘い。⒆生＝「屮」（草木の芽）と「土」を合わせて、土の上に草木が芽を出した様子《ようす》を表す。⒇貨＝「化」（姿をかえる）と「貝」を合わせたもの。いろいろな品物にかえられる貝。お金のこと。貝がらは昔お金として使われた。

6

⑴私小説《わたくししょうせつ》——作者自身の経験を中心にして書いた小説。主人公が話す形で書かれる。⑵宿り木——ほかの木についてその木の栄養分をすいとって育つ木。⑶寝心地《ねごこち》——眠《ねむ》っているときの気分。⑷皮算用《かわざんよう》——まだ自分のものになっていないのに、自分のものになると思っていろいろな計画をたてること。⑸竜宮城《りゅうぐうじょう》——海の底にあると言われるきれいな城。昔話に出てくる。⑹千六本——野菜などを非常に細く切ること。⑺占星術——星に基づいて人間の将来や運命を占《うらな》う方法。⑻立ち会い演説——意見の違《ちが》う人たちが同じ場所でかわるがわる話すこと。⑼盛《さか》り場《ば》——いつもにぎやかな町中の場所。⑽公約数——二つ以上の数のどれも割り切れる数。4と6と8の公約数は2。⑾まけずおとらず——どちらも同じくらいに。⑿たちいたる——重大な状態になる。⒀ねほりはほり——細かいことまで詳《くわ》しく。⒁ことなげに——何もなかったように。⒂てあたりしだい——手に触《ふ》れるものは全部。⒃はためいわく——回りの人が困ること。⒄わしづかみ——乱暴につかみとること。⒅ことほどさように——それほど。⒆かみころす——かみついて殺してしまう。口を開けないようにがまんする。⒇ななころびやおき——たびたび失敗してもがっかりしないで、また勇気を出してそのことを行うこと。（七回転んでも八回起きる。）

外国人のための日本語 例文・問題シリーズ11『表記法』練習問題解答
監修：名柄　迪　　著者：鈴木順子・石田敏子
〒101 東京都千代田区神田神保町2-40 ☎03(262)0202 荒竹出版株式会社

定價：150元

發 行 所：鴻儒堂出版社
發 行 人：黃 成 業
地　　址：臺北市城中區10010開封街一段19號
電　　話：三一二〇五六九・三三一一一八三
郵政劃撥：〇一五五三〇〇～一號
電話傳眞機：〇二－三六一二三三四
印 刷 者：槇文彩色平版印刷公司
電　　話：三〇五四一〇四
法律顧問：周 燦 雄 律 師
行政院新聞局登記證局版臺業字第壹貳玖貳號
中華民國七十七年十月初版
中華民國七十九年六月出版